ふるさと文学さんぽ

長野

監修●軽井沢高原文庫／大藤敏行

大和書房

川端康成

●ノーベル文学賞受賞記念講演「美しい日本の私」より抜粋

雪の美しいのを見るにつけ、月の美しいのを見るにつけ、つまり四季折り折りの美に、自分が触れ目覚める時、美にめぐりあふ幸ひを得た時には、親しい友が切に思はれ、このよろこびを共にしたいと願ふ、つまり、美の感動が人なつかしい思ひやりを強く誘ひ出すのです。この「友」は、広く「人間」ともとれませう。また「雪、月、花」といふ四季の移りの折り折りの美を現はす言葉は、日本においては山川草木、森羅万象、自然のすべて、そして人間感情をも含めての、美を現はす言葉とするのが伝統なのであります。

目次

風景

食

山

花と草木

暮らし

街道

さまざまな時代に、さまざまな作家の手によって、「長野」は描かれてきました。

本書は、そうした文学作品の断片（または全体）を集めたアンソロジーです。また、本書に掲載された絵画は、すべて飯沼一道氏によるものです。

風景

雪国のクリスマス

島崎藤村

クリスマスの夜とその翌日を、私は長野の方で送った。長野測候所に技手を勤むる人から私は招きの手紙を受けて、未知の人々に逢うために、小諸《こもろ》を発《た》ち、汽車の窓から田中、上田、坂木などの駅々を通り過ぎて、長野まで行った。そこにある測候所を見たいと思ったのがこの小さな旅の目的の一つであった。私はそれも果した。

雪国のクリスマス――雪国の測候所――と言っただけでも、すでに何物《なに》か君の想像を動かすものがあるであろう。しかし私はその話を君にする前に、いかにこの国が野も山も雪のために埋もれて行ったかを話したいと思う。

毎年十一月の二十日前後には初雪を見る。ある朝私は小諸の住居《すまい》で眼が覚めると、思いがけない大雪が来ていた。塩のように細かい雪の降り積《つも》るのが、こういう土地の特色だ。あまりに周囲《あたり》の光景が白々としていた為か、私の眼にはいくらか青みを帯びて見える位だった。朝通いの人達が、下駄の歯につく雪になやみながら往来を辿《たど》るさまは、あたかも暗夜を行く人に異ならない。赤い毛布《ケット》で頭を包んだ草鞋穿《わらじばき》の小学生徒の群、町家の軒下にションボリと佇《たたず》む鶏、それから停車場のほとりに貨物を満載した車の上にまで雪の積ったさまなぞを見ると、降った、降った、とそう思う。私は懐古園《かいこえん》の松に掛《かか》った雪が、時々崩《くず》れ落ちる度《たび》に、濛々《もうもう》とした白い烟《けむり》を揚げるのを見た。谷底にある竹の林が皆な草のように臥《ね》て了《しま》ったのをも見た。

岩村田通いの馬車がこの雪の中を出る。馬丁《ばてい》の吹き鳴らす喇叭《らっぱ》の音が起る。薄い蓙《ござ》を掛けた馬の身《からだ》はビッショリと濡《ぬれ》て、粗《あら》く乱れた鬣《たてがみ》からは雫《しずく》が滴《したた》る。ザクザクと音のする雪の路を、馬車の輪が滑《すべ》り始める。白く降り埋《うず》んだ道路の中には、人の往来《ゆきき》の跡だけ一筋赤く土の色になって、うねうねと印したさまが眺《ながめ》られる。家ごとに出て雪をかく人達の混雑したさまも、こういう土地でなければ見られない光景《ありさま》だ。

薄い靄《もや》か霧かが来て雪のあとの町々を立ち罩《こ》めた。その日の黄昏時《たそがれどき》のことだ。晴れたナと思いながら門口に出て見ると、ぱらぱらと冷いのが襟《えり》にかかる。ヤア降ってるのかと、思わず髪に触《さわ》ると、霧のように見えたのは矢張《やはり》細かい雪だということが知れる。二度ばかり掻《かき》取《と》った路も、また薄白くなって、夜に入れば、時々家の外で下駄の雪を落す音が、ハタハタと聞える。自分の家へ客でも訪れるのかと思うと、それが往来の人々であるには驚かされる。

雪明りで、暗いなかにも道は辿ることが出来る。町を通う人々の提灯《ちょうちん》の光が、夜の雪に映って、花やかに明るく見えるなぞもPicturesqueだ。

君、私はこの国に於ける雪の第一日のあらましを君に語った。この雪が残らず溶けては了わないことを、君に思ってみて貰《もら》いたい。殊《こと》に寒い日蔭、庭だとか、北側の屋根だとかには、何時《いつ》までも消え残って、降り積った上へと復《ま》た積るので、その雪の凍ったのが春までも持越すことを思ってみて貰いたい。

しかし、これだけで未だ、私がこういう雪国に居るという感じを君に伝えるには、不充分だ。その雪の来た翌日になって見ると、屋根に残ったは一尺ほどで、軒先には細い氷柱《つらら》も垂下り、庭の林檎《りんご》も倒れ臥《ふ》していた。鶏の声まで遠く聞えて、何となくすべてが引被《ひきかぶ》せられたように成った。雪の翌日には、きまりで北の障子《しょうじ》が明るくなる。灰色の空を通して日が照し始めると雪は光を含んでギラギラ輝く。見るもまぶしい。軒《のき》から垂れる雫の音は、日がな一日単調な、退屈な、侘《わび》しく静かな思をさせる。

更に小諸町裏の田圃側《たんぼわき》へ出て見ると、浅々と萌《も》え出た麦などは皆な白く埋もれて、岡つづきの起き伏すさまは、さながら雪の波の押し寄せて来るようである。さすがに田と田を区別する低い石垣には、大小の石の面も顕《あら》われ、黄ばんだ草の葉の垂れたのが見られぬでもない。遠い森、枯々な梢、一帯の人家、すべて柔かに深い鉛色《なまり》を帯びて見える。この鉛色――もしくはすこし紫色を帯びたのが、これからの色彩の基調かとも言いたい。朦朧《もうろう》として、いかにもおぼつかないような名状し難い世界の方へ、人の心を連れて行くような色調だ。

翌々日に私はまた鶴沢という方の谷間《たにあい》へ出たことがあった。日光が恐しく烈《はげ》しい勢で私に迫って来た。四面皆な雪の反射は殆《ほと》んど堪えられなかった。私は眼を開いてハッキリ物を見ることも出来なかった。まぶしいところは通り過《こ》して、私はほとほと痛いような日光の反射と熱とを感じた。そこはだらだらと次第下りに谷の方へ落ちている地勢で、高低の差別なく田畠《たはた》もしくは桑畠に成っている。一段々々と刻んでは落ちている地層の側面は、焦茶色の枯草に掩《おお》われ、ところどころ赤黝《あかぐろ》い土のあらわれた場所もある。その赤土の大波の上は枯々《かれがれ》な桑畠で、ウネなりに白い雪が積って、日光の輝きを受けていた。その大波を越えて、蓼科《たてしな》の山脈が望まれ、遙《はる》かに日本アルプスの遠い山々も見えた。その日は私は千曲川の凄《すさ》まじい音を立てて流れるのをも聞いた。

こんな風にして、溶けたと思う雪が復た積り、顕れた道路の土は復た隠れ、十二月に入って曇った空が続いて、日の光も次第に遠く薄く射すように成れば、周囲は半ば凍りつめた世界である。高い山々は雪嵐に包まれて、全体の姿を顕す日も稀《まれ》だ。小諸の停車場に架けた筧《かけひ》からは水が溢《あふ》れて、それが太い氷の柱のように成る。小諸は降らない日でも、越後の方から上って来る汽車の屋根の白いのを見ると、ア彼方《むこう》は降ってるナと思うこともある。冬至近くに成れば、雲ともつかぬ水蒸気の群が細線の集合の如く寒い空に懸り、その蕭条《しょうじょう》とした趣は日没などに殊に私の心を引く。その頃には、軒の氷柱も次第に長くなって、尺余に及ぶのもある。草葺《くさぶき》の屋根を伝う濁った雫が凍るのだから、茶色の長い剣を見るようだ。積りに積る庭の雪は、やがて縁側より高い。その間から顔を出す石南木《しゃくなぎ》なぞを見ると、葉は寒そうにべたりと垂れ、強い蕾《つぼみ》だけは大きく堅く附着《くっつ》いている。冬籠りする土の中の虫同様に、寒気の強い晩なぞは、私達の身体も縮こまって了う……

　こういう寒さと、凍った空気とを衝《つ》いて、私は未知の人々に逢う楽《たのし》みを想像しながら、クリスマスのあるという日の暮方に長野へ入った。例の測候所の技手の家を訪ねると、主人はまだ若い人で、炬燵《こたつ》にあたりながらの気象学の話や、文学上の精《くわ》しい引証談《いんしょうだん》なぞが、私の心を楽ませた。ラスキンが「近代画家」の中にある雲の研究の話なども出た。ラスキンが雲を三層に分けた頃から思うと、九層の分類にまで及んだ近時の雲形の研究は進んだものだ。こう主人が話しているところへ、ある婦人の客も訪ねて来た。

私が主人から紹介されたその若い婦人は、牧師の夫人で、主人が親しい友達であるという。快活な声で笑う人だった。その晩歌うクリスマスの唱歌で、その夫人の手に成ったものも有るとのことだった。やがて降誕祭《クリスマス》を祝う時刻も近づいたので、私達は連立って技手の家を出た。私が案内されて行った会堂風の建物は、丁度坂に成った町の中途にあった。そこへ行くまでに私は雪の残った暗い町々を通った。時々私は技手と一緒に、凍った往来に足を留めて、後部《うしろ》の方に起る女連《おんなれん》の笑声を聞くこともあった。その高い楽しい笑声が、寒い冬の空気に響いた時は、一層雪国の祭の夜らしい思《おもい》をさせた。後に成って私は、若い牧師夫人が二度ほど滑《すべ》って転《ころ》んだことを知った。

赤々とした灯火は会堂の窓を泄《も》れていた。そこに集っていた多勢の子供と共に、私は田舎《いなか》らしいクリスマスの晩を送った。

『千曲川のスケッチ』より

解説

島崎藤村は、一八九九年四月に恩師の木村熊二《きむらくまじ》に招かれ、小諸義塾に国語と英語の教師として赴任しました。「雪国のクリスマス」は、この時期に執筆された『千曲川のスケッチ』の中の一編です。

一八九七年に第一詩集『若菜集』を刊行した藤村は、その後も『一葉舟』『夏草』『落梅集』といった詩集の刊行を続け、この頃には浪漫詩人としての地位を確立していました。しかし藤村は、一方で「うたたね」という小説を発表するなど、散文による小説作品の執筆にも力をそそぎ始めていました。『千曲川のスケッチ』は、千曲川一帯の自然や小諸地方で暮らしている人々の生活風景を、写生文によって描写していった作品です。

藤村は、当時を回顧した「『千曲川のスケッチ』奥書《おくがき》」の中で、「自分の第四の詩集を出した頃、わたしはもっと事物を正しく見ることを学ぼうと思い立った。この心からの要求はかなりはげしかったので、そのためにわたしは三年近くも黙して暮すようになり、いつ始めるともなくこんなスケッチを始め、これを手帳に書きつけることを自分の日課のようにした」と書いています。また、「七年も山の上で暮した」間に「小山内薫《おさないかおる》君、有島生馬《いくま》君、青木繁君、田山花袋《かたい》君、それから柳田國男君を馬場裏の家に迎えた日のことも忘れがたい」とも記し、最後に「このスケッチは、いろいろの意味で思い出の多い小諸生活の形見である」と奥書を書き終えています。

また藤村は「信濃に赴く時、わが行李《こうり》のうちには近世画家論五巻をも納《おさ》めたり」していました。それは、ラスキンの『近代画家』に学び、画家が風景をスケッチするように小諸の自然や人々の暮らしを文章でスケッチし、詩から散文へと表現方法の移行を試みようと考えていたからでした。

一九〇五年、藤村は小諸義塾を辞して上京すると翌年『破戒』を自費出版し、自然の事実を観察して真実を描く自然主義小説の作家へと転じたのでした。

小諸で手帳に書かれたスケッチは、後に雑誌『中学世界』に「千曲川のスケッチ」というタイトルが付けられて連載され、一九一二年に佐久良《さくら》書房から刊行されました。

島崎藤村

（しまざき　とうそん）1872～1943

現在の岐阜県中津川市生まれの詩人、小説家。明治学院卒業。明治女学院の教員となるが、教え子との恋に悩み退職する。友人の自殺、教え子の病死など相次ぐ不幸の中、第一詩集『若菜集』を発表し、浪漫詩に歌い上げる。第四詩集『落梅集』を発表後、『破戒』で小説へと転じ、自伝的小説を多く発表する。

『千曲川のスケッチ』
新潮文庫／1955年

美ガ原熔岩台地

尾崎喜八

登りついて不意にひらけた眼前の風景に
しばらくは世界の天井が抜けたかと思う。
やがて一歩を踏みこんで岩にまたがりながら、
この高さにおけるこの広がりの把握になおもくるしむ。
無制限な、おおどかな、荒っぽくて、新鮮な、

この風景の情緒はただ身にしみるように本原的で、
尋常の尺度にはまるで桁《けた》が外《はず》れている。

秋が雲の砲煙《ほうえん》をどんどん上げて、
空は青と白との眼もさめるだんだら、、、
物見石《ものみいし》の準平原から和田峠のほうへ
一羽の鷲が流れ矢のように落ちて行った。

『尾崎喜八詩文集 2』より

解説

美ヶ原《うつくしがはら》は、八ヶ岳中信《ちゅうしん》高原国定公園の北西部にある標高二千メートル付近の溶岩台地で、長野県の松本市、上田市、長和《ながわ》町にまたがるように広がっています。高原の観光地を結んで走る観光道路ビーナスラインが続いているため、美ヶ原高原の中ほどに建つ「美《うつく》しの塔」を中心に、多くの観光客が訪れます。高原からは、北アルプスの山々や八ヶ岳など、雄大に広がる風景を楽しむことができます。

「美しの塔」と名付けられた高さ六メートルほどの避難塔は、美ヶ原の塩くれ場付近の台地に、一九五四年に建てられました。高原のシンボルとして知られる塔の南側は、山岳詩人と云われた尾崎喜八の詩が刻まれたレリーフで飾られています。

塔の建設を進めた当時の長野県観光課長下平《しもだいら》広恵《ひろえ》氏によると、レリーフに刻まれている詩は、尾崎が手紙とともに自筆で同封してきた作品だそうです。手紙には「美ヶ原は私にとって忘れることのできない懐かしい地ゆえ、その高い静寂の空間に自分の愛と驚異との述懐が永くとどめられることは思いだにしなかった喜びでもあれば感激でもあります」と記してありました。後に尾崎は、詩の題名にある地名の「美ヶ原」を「美ガ原」と変えて表記し、レリーフに『美ガ原熔岩台地』を書いたのでした。

尾崎は「秋の美ヶ原に初めて登ったとき、驚きと感歎から『美ガ原熔岩台地』を書いた」といいます。『日本百名山』の著者深田久弥《きゅうや》は、美ヶ原について「高原の中で第一に挙げたいのが美ヶ原」であると記した後に、「そのさまは尾崎喜八氏の『美ガ原熔岩台地』にみごとに歌われている」と述べています。

美ヶ原高原は、一九八一年にビーナスラインが開通し美ヶ原高原美術館が開館すると、車に乗って手軽に行ける山の観光地として益々人気を高めていきました。

霧の発生時に鐘を鳴らし登山者を安全に導く目的で建てられた「美しの塔」は、一九八三年に創建当時の原形のまま建替えられています。毎年四月二十五日には、塔の前で開山祭が行われます。

尾崎喜八
(おざき　きはち) 1892〜1974

東京都生まれの詩人。京華商業学校卒業。武者小路実篤ら白樺派の影響を受け、詩集「空と樹木」で詩壇に登場。大正末期から登山を始める。1958年、串田孫一らと共に山の文芸誌『アルプ』を創刊し、山岳と自然を主題とした詩や散文を数多く残した。ロマン・ロラン、ヘルマン・ヘッセなどの訳書も多い。

『尾崎喜八詩文集 2』
創文社／1959年

無限の網

草間彌生

父の新盆に故郷に帰った。のべおくりの帰りに、何気なく後ろを振り向くと、アカシアの林に囲まれた墓の上に、入道雲が大きな芙蓉《ふよう》のように広がっていて、思わず私は、嘆声をあげた。死者の魂にふれたように、胸を打たれた。

十数年ぶりに帰ってきた故郷。夢にまで描いていた私の故郷。元気だった父も年老いて死に、再び会うこともできない。多くの友人たちも、身内の人々も、もうこの世にはいない。渡米以来会うこともなく、永遠に別れてしまった。学友たちの多くも、消息すらわからない。

昔の小学校の横の土手や小川も、コンクリートになり、魚もいなくなった。昔水泳をした川の水は工場の汚濁した廃液で、にごりきっていた。浦島太郎のように、長い放浪から帰ってきた時、歳月の空白と孤独を感じた。故郷は変わってしまった。大自然の山々のふもとから中腹まで、道路工事のために山肌が痛々しく削りとられ、醜い姿をさらしていた。17年振りに見た日本に、東京に、故郷に、こうして私は深く落胆した。

神秘的な故郷の雪

けれども、しばらく時間が経つうちに、そうした印象にも少しばかり変化が起きた。とりわけ、故郷・松本ですごした正月は私の目の色を変えた。

久し振りに見た信濃路の雪景色は格別だった。夢かと思ったほどである。目の前に降っている雪を、手に取ってつくづくとながめた。二十何年も前に見た記憶が、心にそのままよみがえってきた。幼い頃の時間がいっぺんにかえったかと思うほど、胸がおどるものがあった。

世界旅行の途上、私はいろいろの国で冬にめぐりあった。ドイツの静かな雪景色。それとは対照的なオランダの、嵐とともに吹きすさぶ雪の風景は、まるで偉大な画家、ピーター・ブリューゲルの劇的な絵の背景を見るようにきめこまかかった。

中でも一番、印象深かったのは、イタリアのミラノを汽車で出発し、コモ湖を横に見て、スイス国境に入った山岳地帯の雪景色が、特別美しかった。展望車に乗って、あたたかい紅茶にレモンを入れて飲みながら、列車の両側に展開される雪の山岳の眺望は絶景で、ためいきがでるほどだった。

その時は、イタリアでの個展を終えて、ヨーロッパ横断の汽車旅行で各地を見て廻ったのだった。それ以前には、オランダのアムステルダムを出発して、自動車でイタリアの女建築家と二人で、スイスの山越えをしたことがある。もちろん、車のトランクやバック・シートには、各都市を廻って集めてきた国際最前線の画家の作品が、いっぱい満載してあった。それはイタリアで主催した国際展への出品作品を選びにいった時のことだった。

ショーは盛大であり、一流作家が参加した。しかし、準備は大変であった。この仕事でイタリアへ行く途中の山越えは、真冬で雪がジャン、ジャン降っていた。片側は高いそそり立つ山、片側は深い崖である。ハンドルを握る新進建築家は、ずいぶんと威勢のよい元気な女性。女でも男以上に大きな作品を作る。

車の中で大声で歌って騒ぎながらの大陸横断ドライブであり、時速何キロだったか、フルスピードで、何回か警官に捕まった。ハンドルを握る彼女は、カー・ラジオのロックでは物足りなく、私に始終、歌をうたうか、喋りつづけろと言ってきかない。対話していないと、彼女はドライブの疲れから、いねむり運転をやらかしかねないのだ。

長々とドライブをしてきて、くねくねと曲がった、きわどい山道での超スピード。ポットのコーヒーを飲んでは、大声の会話でよもやまばなしや、アートのこと、文学のことを、喋りまくらねばならない。私も眠くなって、つい黙ると、「ヤヨーイ、どうしたの？　もっと、喋ってよ。私、眠くなっちゃって、崖に転落するわよ」と、きわどいことを言う。

こんな、稀にしか車にすれちがわない山中で谷間に落ちたら、もうそれきりだろう。豪雪で道路に灯がともっていない。頼るは車のヘッドライトのみ。辺りは闇である。女二人だけなので、いざとなったら、これで殺そうと言い合って、ピストルを車の中に隠しておいての、欧州長旅の冬のアルプス越えだった。

自動車のヘッドライトに浮上するスイスの渓谷の壮観を、次々と見ながら、つくづくと故郷の信州を思い出していた。信州は日本のスイスといわれている。今頃、信濃路はやっぱり冬だな。友人や家族はどうなっちゃったのだろうか、と幼い頃の雪の日本アルプスを心に浮かべてみたが、かつて、松本駅から世界へ旅立ったあとの、すさまじいまでの世界画壇での多忙さは、故郷の安らかさへの未練を、なかなか思いどおりにはしてくれなかった。

私は日本へ旅行するチャンスを失って、世界中をかけずりまわった。ほとんど飛行機、汽車、船、自動車でのドライブと、美術館や、公《おおやけ》の国際展や、美術学校や市民会館や大学での美術講演や、テレビの出演と、国々を飛び歩く毎日であった。

松本に帰って、こたつにあたって、正月のおせちを食べて、鉢伏山《はちぶせ》を見るなんて、想像もできなかったことが現実に起きて、まさに私にとっては、人生のハプニングだった。

しかし、遠い昔、旅立っていった松本駅へ、再び降り立った感じは、長年、私の心に焼きついていた、あの雪の、神秘的な故郷ではなかった。何か、東京の池袋か、新宿の地下街の人混みにまぎれこんだ、その場所とは縁のない一介の旅人のような錯覚にとまどったものだ。あまりにも都会化した郷土の発展を、一方では喜ぶとともに、また一方では信濃路の美しさをさがし求め歩かなくてはならぬ自分を見出して、考えさせられた。

そんな心の虚《うつ》ろさの中に、天から舞い降り、地に積もった銀の粉雪の美しさは、ああ、やっぱりスイスの雪のアルプス越えの時、心に思い浮かべた故郷である。やっぱり私の心の故郷は、神秘的だなあ、とひどく感動した。

冬をさがし歩く私は、高原の詩を作ろうと河原や野を歩きつづけた私は、雪の降りしきるマーブル色の天空の彼方をながめ、銀雪のその向こうに煙る山岳のたたずまいを、あくこともなくながめつづけたのだった。

（中略）

それにしても、二十年近い月日が経って、久し振りにふるさとの雪の神秘を目《ま》の当たりにしてみると、文明化で汚染されきったと思っていた松本にも、さがせばいくらでも山野に美しい、心を奪われる自然のたたずまいが残っていることがわかった。

たとえば、草が野になびくさま、枯草のありさま……。一番すごいと思ったのは、雪が自由自在に変化することによって起こる空間の興味ある動き。夜の庭の底知れない深い輝き。

信濃の冬は美しい。見はるかす白銀の雪が積もっていて、朝陽がその上を照らしていく。山脈の尾根、尾根は淡紫に縁どられていて、杉林や山の樹木に雪がたわわにからみついて、遠目にも銀の絵巻物を見るようだった。その背後から姿を現わす朝の光は、雪をキラキラと分光した。光は億万に解体されて、四面八面に突きささった。やがて、青い空がいっそう青くなると、空の青さは限りもなく、宇宙の奥の奥まで、青さで突きさしているようであった。

夏は夏で美しかった。空をゆく白雲が小川の水面を静かに走り、小さな魚の鱗が陽にキラリとする。積乱雲が大空にむくむくと、大きく咲き開いた芙蓉のようだった。

秋は秋で、幾重もの山脈は金糸銀糸《きんしぎんし》におおわれた。目にいたいほど、赤い漆の紅葉が山をつつみ、木の葉は黄色に色変わりしていった。それが西山へ落ちてゆく夕陽に、次第に色価を定めつづけているさまは、一見、値千金だった。

春は、満開の桜並木がつづいて、花吹雪がさんさんと散ってくる。その下を歩くと、顔にいとも軽やかに花片が散りしだく。自然は老いていかない。春夏秋冬、四季をあやつって巡らして、美しさの限りを繰り広げる。

信濃路は、やっぱり、絶品の一語に尽きる。私はここを心の故郷に持ったことを、最大の誇りに思った。そして、故郷の知人、旧友たちの温かさと交流の素晴らしさは、限りない心の安らぎを与えてくれた。信濃路の自然にもまして素晴らしいものは、ふるさとの人々の心あたたかさだった。

かつて、故郷を見捨ててアメリカへ旅立った私は、思いがけず再び、故郷の自然に、人々に迎え入れられた。けれど、いつまでもそこに抱かれたままでいられる私でないことは、私自身が一番よく知っていた。

『無限の網』より　抜粋

解説

『無限の網』は、前衛芸術家として世界で活躍を続ける、草間彌生の自伝小説です。

草間彌生は、一九二九年に松本市で種苗《しゅびょう》問屋を営む裕福な商家の末娘として生まれました。幼い頃からスケッチに親しんでいましたが、この頃からすでに、後に草間作品を象徴するモチーフとなった水玉と網模様の絵を描き始めたといいます。それは草間が、少女時代から、度々襲ってくる幻覚や幻聴から逃れようと心の風景を絵にしていたからでした。草間彌生が描く代表作のひとつ、水玉をモチーフにした「ドット・ペインティング」は、心の病から自らを守る手段の一つでもありました。

長野時代の草間は、画家になることだけを夢見て、毎日おびただしい数の絵を制作していました。しかし、「女性には画家としての将来性などない」というのが当時の社会通念でした。保守的な母からは画家への道を強く反対されますが、草間は海外への憧れを強めていきます。草間は当時を回想し、「とにかく一日も早く外へ出ていくことが私の夢であり、闘いだった」と記しています。

松本第一高等女学校を卒業した草間は、京都市立美術工芸学校に進んで日本画を学び、松本や東京での個展を経て一九五七年に単身で渡米しました。ニューヨークを拠点に据えてから約十六年間に渡って海外で創作を展開し、世界から脚光を浴びます。増殖する水玉と網目の平面作品、立体作品、ハプニング、反戦・平和デモ、自作自演の映画制作など活躍の場は拡がっていきました。

一九七三年に帰国した草間は、拠点を東京に移し、現在も精力的に活動を続けています。創作は絵画や映像作品や野外彫刻などにとどまらず、小説『マンハッタン自殺未遂常習犯』や第十回野性時代新人文学賞作品『クリストファー男娼窟』など、多岐に渡っています。
今や世界的な芸術家となった草間ですが、その創作の原点ともいえる風景が故郷の松本や信濃路にあったと『無限の網』に記しています。「信濃路は、やっぱり、絶品の一語に尽きる」との一文が伝えている通りでしょう。

草間彌生
（くさま　やよい）1929～

長野県松本市生まれの前衛芸術家。10歳の頃から水玉と網模様をモチーフに絵を描き始める。1957年にニューヨークに渡り、制作活動を行う。1973年に帰国。美術作品の発表をつづけながら、小説、詩集も多数発表。2003年にフランス芸術文化勲章オフィシエ（将校）を授与される。2009年、文化功労者に選出。

『無限の網』
作品社／2002年

小布施の秋

福永武彦

一

私は小布施《おぶせ》の町について極めて僅《わず》かのことをしか知らない。或《あ》る年の夏の終りから秋の更ける頃まで、その町にいたことがあるというただそれだけである。しかし私たちが記憶の深い淵を探り、懐しい想いと共に想起するような町は、必ずしもそこに於ける滞在の長さと正比例するものではないだろう。長い旅の間にほんの一晩か二晩しか泊らなかったにも拘《かかわ》らず、いなそれ故に尚《なお》さら、鮮明な印象として定着してしまったような遠い町を、人はしばしば記憶の霧の彼方に見るに違いない。景色がよかったとか、名所旧蹟があったとか、人情が濃《こま》やかだったとか、それ相応の理由がそこに考えられるだろうが、しかし最も大事なことは、その町と旅人とが謂わば同じ空気を呼吸していて、その結果両者の間には一種の交感といったようなものが存在した、ということだろうと私は思う。

二

私はその年、昭和四十五年に、小布施の町に二月ほどいた。但しそれは旅人としていたというよりは病人としていたのである。例年、私は信濃追分《しなのおいわけ》にある小さな山荘で夏を過すことにしているが、その年はたまたま八月半ばに俄《にわか》に胃を悪くして倒れ、どこぞに入院しなければならぬ羽目になった。折よく懇意《こんい》の医者が週に一度ずつ東京から小布施の新生病院に通勤していてその便宜を得られるということもあったし、暑い盛りに東京の病院に入るのは気が重く、距離にしても東京まで帰るよりは同じ長野県下の小布施の方が近いということもあって、十日ばかり安静にして少し落ちついたところで、寝台自動車で小布施へと運ばれた。胃出血で幾度も倒れた経験によれば、要するに万事を放擲《ほうてき》して大人しく寝てさえいれば大した手当をしないでも良くなるのである。どうせ寝ているのなら、知らない土地で過すのも面白かろうと高を括《くく》ったようなところもあった。

小布施の新生病院についてはかねて聞き及んでいた。カナダの聖公会が経営していた結核専門のサナトリウムで、私の伯父がそこに長らく入院していたことがある。結核が次第に時代おくれになったために、今では結核以外の病気の患者のためにもベッドが提供され、奥まった病棟がそれに当てられていた。しかし往時に較《くら》べれば患者の数は全部を合せてもごく少かったようである。私はその一番奥のだだっ広い部屋——恐らく昔は大部屋で七八人の患者を収容していたのだろうが、その部屋のベッドを附添の細君と二人だけで占領して、じっと寝ていた。部屋の南側は屋根のある板張のテラスに続いて裏庭に面し、その裏庭は泉水などをあしらった凝った設計で、その先の方は栗林になっていた。もっとも私は寝たきりだったから部屋の外のことは話に聞いたばかりである。

私は生来多病で今までに渡り歩いた病院や療養所は数え切れないが、この新生病院での経験も、なかなか趣きの深いものがあった。結核病棟と違って私のいた普通病棟の方はまるで人気《ひとけ》がなく、いつもひっそり閑《かん》と静まり返っていた。ただ朝の起床、三度の食事、安静時間の初めと終り、それに就寝時の消灯などの時刻になると、それぞれメロディの違ったシロフォンの涼しい音色が、スピーカーから洩《も》れて来た。それは看護室の中で当直の看護婦さんたちが実地に演奏しているものだった。そしてそれを聞く度に、自分の身がカナダにでもいるような気持になるのである。

三

秋が深まるにつれて私は漸《ようや》く起きて歩けるようになり、病室の中からテラスへ出てみたり、更には病室を抜け出して裏庭の中を散策したりするようになった。それまでにも、安静時間になると栗林の方向からしばしば看護婦さんたちのコーラスが聞えて来て、それはつまり彼女たちがこの時間を利用して栗拾いに出掛けるのだということが分っていた。現に粒の揃った見事な茹《ゆ》で栗を看護婦さんからお八《や》つに貰ったこともある。従って自ら栗林に行って栗拾いをしてみたいというのは病人の切実な願望だった。

私は胃病の患者だから安静時間を守る必要はないだろうという勝手な理窟をつけて、意気揚々と、と言いたいが実は細君をステッキの代りにして、初めて栗林を探険に行った時のあの躍るような気持は今に忘れられない。小布施が栗の名産地であることは百も承知していたが、病院の敷地の中にまでこういう広々とした栗林があるというのにはびっくりした。僅かに木洩日《こもれび》の射す足許《あしもと》には口の開いた毬《いが》が幾つも落ち、見上げれば葉叢《はむら》の間に黄ばんだ毬が点々と見えている。信濃追分でも、この季節には山栗を拾うのはきのこ狩と並んで愉しみの一つだったが、こちらの方は何しろ栽培された林の中だから見つけ出すのも容易だし、栗の実の巨大なことも比較を絶している。しかも林の中はあくまで静寂、看護婦さんたちと鉢合せをしない限り、まるで山中にいるようである。私はそれから毎日、日課のように栗林に出掛けて行ったが、栗を拾うことよりも、そこに佇《たたず》んでいることだけで限りない満足を覚えていた。時折、毬からこぼれ落ちる栗の実が鋭い音を立てた。恢復期《かいふくき》の病人の五感にはすべてが新鮮に感じられ、そういう時には沈黙を引き裂くこの幽かな音は、一つの天啓のようにも響くのであった。

かすかなる驚きありて栗の実の
　落ちたるかたへ四五歩あゆみぬ

その時私はこういう歌を作った。

四

病院の敷地と接して林檎《りんご》畑があり、風に落ちた紅い実がごろごろ転《ころが》っていた。勿体《もったい》ないから貰って行ってもいいかとその場にいた畑の持主に訊《き》いてみたら、そんな落ちたのよりも、なっているのを好きなだけ採《と》りなさい、と気前のいいことを言ってくれた。この時の林檎もうまかったし、また巨峰という名の葡萄《ぶどう》は(これは金を出して買ったがただのように安かった)その後これほど美味な巨峰を食べたことはない。胃病の身として果物をむやみに平《たいら》げるのはよくないと分っていても、目前の誘惑にはなかなか抗しがたいのである。

病院の中の栗林を通り抜けると、そこにはもう松川が流れていた。私は寂しい川原の上に出て濁った水の流れや雁田山《かりだやま》などを眺めたり、千両堤の上を歩いたりした。秋の爽《さわや》かな風に吹かれて川音を聞いていると、いつまでも飽きることがなかった。

日ましに元気になるにつれて、私は更に足を伸し、雁田山の麓《ふもと》の道を通って岩松院《がんしょういん》の方まで歩いたが、お寺の中に入ったことはない。しかしこの行程の途中で見られる風物は、私の中に眠っていた郷愁のようなものをしきりに促した。こういうところでのんびり暮したらどんなにかいいだろうと、埒《らち》もないことを考えていた。

要するに私の知っている小布施は、病院と、松川と、町はずれの寂しい道と、それ位のものにすぎない。もっとあちこち歩き廻ろうと思っているうちに、早くも退院の日が来てしまった。私は後ろ髪を引かれる想いでこの町を去った。しかしその町で見た幾つかの風景は、私の網膜の中に、今でも小さな絵のように焼きついている。

いがばかり蹴とばして秋の別れかな

『福永武彦全集　第十五巻』より

解説

長野県の北東にあり、近年は観光地として人気を集めている小布施町《おぶせ》に、一九三二年カナダ聖公会によって新生病院というサナトリウムが開院されました。今は地域医療の中核病院となったその新生病院の裏手に広がる散策路に、「かすかなる驚きありて栗の実の　おちたるかたへ四五歩あゆみぬ　武彦」と刻まれた小さな文学碑が建っています。

「生来多病で今までに渡り歩いた病院や療養所は数え切れない」と語る福永武彦は、一九七〇年に信濃追分の小さな山荘で夏を過ごしている最中に倒れてしまいます。そこで、懇意の医者が東京から通勤していた小布施の新生病院に、二ヶ月ほど入院することになったのでした。「小布施の秋」は、そのときの体験をエッセイにまとめた作品です。文学碑に刻まれている短歌は、入院中に詠《うた》われました。

小布施は千曲川東岸に広がる北信濃にあり、舟運の発達していた江戸時代には、交通と経済の要衝地として栄えました。定期的な市が開かれ、情報が全国各地から集まってくる文化的な都市でした。交通によって人と物とが出逢う「逢う瀬」が、「小布施」の地名の由来とも言われています。人が行き交う歴史の中で北信濃の固有な文化が花開き、小林一茶や葛飾北斎など多くの文人墨客《ぶんじんぼっかく》が小布施を訪れました。

作品にも登場する栗は、小布施の名産品として有名です。水はけの良い扇状地に酸性の土壌と北信濃の気候が重なり、江戸時代から美味しい栗の生産地として知られていました。また、栗だけでなく果樹生産にも適した土壌で、現在はリンゴや巨峰の産地としても注目されています。

福永武彦は、軽井沢とも関係の深い人物でした。毎年の夏を追分で過ごしていた福永は、旧軽井沢にあった室生犀星の別荘をしばしば訪れ、親交を深めていました。犀星の死後は室生犀星全集の編纂委員を引き受け、随筆には「私は室生学校の卒業生であることを誇りとする」と記しています。

また、同じく軽井沢に別荘を持っていた堀辰雄とも交流を持っていました。福永の長編小説『風土』は、堀との出会いに影響されて書き始めたといいます。福永は、「いまだに小説家というものの理想像を思い浮べると堀さんのことを想い起す」とも記しています。

福永武彦

（ふくなが　たけひこ）1918～1979

現在の福岡県筑紫野市生まれの小説家。東京帝国大学（現在の東京大学）卒業。1942年中村真一郎、加藤周一らと文学グループ「マチネ・ポエティク」を結成。共同執筆した『1946文学的考察』が注目される。1954年、戦時下の青春を描いた長編小説『草の花』で作家としての地位を確立し、『冥府』や『死の島』など多くの作品を残した。

『福永武彦全集　第十五巻』
新潮社／1987年

食

信州蕎麦

池波正太郎

戦国時代から江戸時代にかけての、信州の真田《さなだ》家を題材にした小説が、私には多い。

先《ま》ず、はじめて書いた長篇《ちょうへん》の時代小説で、後に〔真田騒動〕と改題した〔恩田木工《おんだもく》〕は、江戸時代になってからの真田家の家老・恩田木工民親《たみちか》を主人公にしたものだが、その他の短篇も数多いし、直木賞を受賞した〔錯乱《さくらん》〕も、真田家の江戸初期の異変をあつかったものだ。

現在、週刊朝日に八年がかりで連載している〔真田太平記〕は、そうした真田物の総決算のかたちになってしまった。

こうしたわけで、私が真田家に対し、特殊な執着《しゅうじゃく》をもっているかのように見られてきたが、格別にそうなのではない。

そもそも、はじめての時代小説を書くとき、亡師・長谷川伸の書庫で、何気なく手に取った『松代町史《まつしろちょうし》』二巻の目次を見ているとおもしろそうなので、それを拝借したのが、私を真田家に結びつける切掛《きっかけ》となったのである。

信州・松代十万石は、封建《ほうけん》の世が終るまで、真田家の領国だった。

こうして『恩田木工』を書いたわけだが、長谷川師が図書の貸出帳《かしだしちょう》を見ただけで、私に、

「君は、いま、宝暦《ほうれき》の真田騒動を書くつもりらしいね」

と、看破《かんぱ》されたのには、恐れ入ってしまった。

恩田木工を書くためには、当時の経済、政治、その他の風俗なども調べあげておかなくてはならぬ。それを、長い時間をかけてやったことにより、時代小説を書くための基盤が、どうやらできたといってよい。

むろんのことに、松代へも何度か足を運び、松代町史を執筆された郷土史家の、故大平《おおひら》喜間《きま》多《た》氏を訪ね、いろいろと、おもしろいはなしをうかがった。

ゆえに『恩田木工』を書き終えたとき、真田家に関《かか》わる素材をいくつも得ることができたので、その結果として、何篇かの小説が生まれることになったのだった。

あのころは、一年のうちに何度も信州へ出かけて行った。

少年のころから、私は信州が好きだった。そのころは専《もっぱ》ら山登りに出かけたので、松代町史に心をひかれたのも、その下地《したじ》があった所為《せい》かもしれない。

真田家のことを調べるとなると、松代のみか、上田へも足を運ぶことになった。

真田家は、清和《せいわ》天皇の皇子・貞元《さだもと》親王から数代の後に、信州の真田ノ庄（現長野県上田市の北方）に居城をかまえ、信州の一勢力となった。大勢力ではない。ゆえに、戦乱の時代となって、甲斐《かい》の武田信玄、ついで織田、豊臣、徳川と、目まぐるしく変転する覇権《はけん》に従って、戦乱の世を切り抜け、家名を存続させることを得た。

関ヶ原戦の折に、真田家は、当主の昌幸《まさゆき》と次男・幸村《ゆきむら》が西軍へ、長男・信之《のぶゆき》が東軍へ参加し、親兄弟が敵味方に別れたが、このときまで、信州・上田城は真田家の本城だったのである。

上田行が重なるうちに、私は、上田市役所の観光課にいる益子輝之《ましこてるゆき》さんという友を得た。この人は若いころから郷土の歴史にもくわしく、茶の湯、日本舞踊の名取りで、素人《しろうと》芝居の立女形《たておやま》、落語も講談もやるという、いまどき、めずらしい人なのだ。

上田へ行くと、益子さんをよび出し、馬肉を食べたり、蕎麦を食べたりしながら語り合うのが、まことにたのしい。

上田駅にも近いところにある蕎麦屋の〔刀屋《かたなや》〕へ、はじめて、私を連れて行ってくれたのも彼である。

私は、たちまちに、この店が好きになってしまった。

あるじの高桑敏雄《たかくわとしお》さんが、はじめて蕎麦屋になったのは二十数年前のことだそうで、それまでは、

「魚屋、八百屋、蕎麦屋の職人……もう、いろんなことをやりました」

と、いう。

あるじの蕎麦切《きり》の手練《しゅれん》のほどに、はじめはびっくりしたものだ。その庖丁《ほうちょう》の冴《さ》えは、息子さんへ受けつがれているが、七十をこえた高桑さんも、元気ではたらいている。

刀屋へ入って、たとえば、鶏とネギを煮合わせた鉢《はち》や、チラシとよぶ天麩羅《てんぷら》などで先《ま》ず酒をのむ。信濃《しなの》独特の漬物もたっぷりと出してもらう。

客が混《こ》み合わぬ時間をねらって、ゆっくりとたのしむ気分は何ともいえない。

家族総出の、あたたかいもてなしには、どの客も満足してしまうだろう。

ことに、娘さんの高桑房美《ふさみ》さんの、ほがらかな、テキパキとした客あしらいは、食べる物を、さらに旨《うま》くさせてくれる。

そして、大根オロシとネギが、たっぷりとそえられた名物の大もり蕎麦。

これをはじめたとき、高桑さんは、

「他の店でやらないようなことをしてみたかったのですが、お客さんが、果して、これだけの量の蕎麦を食べきれるか……という、興味もありましてなあ」

食べる人もいるから、いまもつづいているのだろう。

私などは、並のもりが精一杯だ。

「刀屋という屋号がいいね」

私がそういうと、益子さんは、

「この家の先祖は、鎌倉時代には信濃の判官《はんがん》だったというんですがね」

「なるほど」

「後年、加賀の前田家に仕《つか》え、刀や鍔《つば》を打っていたそうで、それが、いまから四百年ほど前に、また上田へもどって来て、刀鍛冶《かじ》をやっていたとか聞きました」

それゆえ、高桑家が明治になって、米屋に転業したときの屋号が〔刀屋〕となった。

「儲《もう》からなくても、いいのです」

と、老主人はいう。

「値段、味、そして量。たくさんの人に満足していただく。それだけのことを考えてやっています」

刀屋へ私が連れて行った友人たちは、私に会うと、かならずいう。

「また、刀屋へ行きたいですねえ。あの店のたのしげな雰囲気《ふんいき》が、ほんとにいい」

ところで、私の家と信州・上田とは、まんざら縁がないわけでもない。

私の母方の祖母の先祖は、上田城下の造り酒屋だったそうな。

何とはなしに、信州と私との因縁を感じる今日このごろなのである。

『むかしの味』より

解説

池波正太郎は、『鬼平犯科帳』『剣客商売』など、多彩な時代小説を執筆した直木賞作家です。中でも、信州の真田一族にまつわる「真田もの」の作品は数多く、全部で二十余篇にものぼります。池波は真田一族の歴史のみならず、当時の政治や風俗を綿密に調べ、取材のためにたびたび上田を訪れていました。「上田の印象」と題された随筆では、「折りにふれ、上田の人々の顔をおもい、上田の町をおもうことは、私の幸福なのである」と記しています。

その池波が、上田を訪ねるたびに必ず立ち寄って、蕎麦を切る職人芸に触れていた場所が、蕎麦処「刀屋」でした。

池波は「食」に強い関心を持ち、食にまつわる著作を多く残したことでも知られています。「刀屋」の登場する随筆集『むかしの味』では、「私の過去の生活と思い出がむすびついている食べものや店のことを語った」本だと記し、洋食屋から甘味処まで、古くからの味を伝える名店を紹介しています。

信州蕎麦の店「刀屋」は、文字通り信州蕎麦を提供している蕎麦屋です。そもそも蕎麦は冷涼な土地を好むため、信州の気候や風土が栽培に適しているとされ、これまで各地域で生産されてきました。しかし近年では、国内で収穫される蕎麦の量よりも海外からの輸入量が多くなっており、信州蕎麦の製造をすべて長野県産の蕎麦粉でまかなうことは難しくなっているようです。

信州そば産地表示推進協議会では、「信州そば切り」の定義として、そば粉は長野県産のみ、つなぎの割合は三十パーセント以下、全工程が手作業、という三つの条件を提唱しています。

現在食べられているそば「そば切り」は、信州から始まったといわれます。その発祥を戦国時代以前にまでさかのぼるともいわれる信州蕎麦を、池波は『むかしの味』として書き残したのでした。

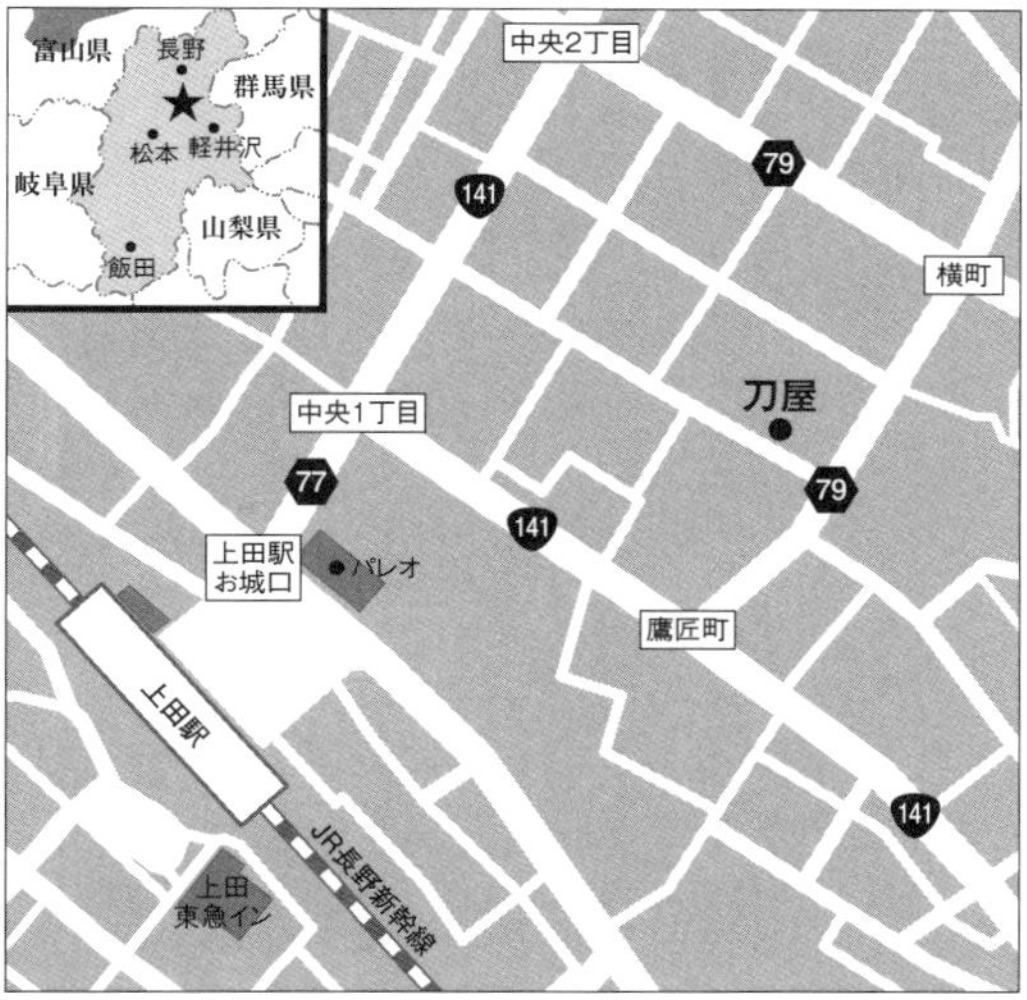

池波正太郎

（いけなみ　しょうたろう）1923〜1990

現在の東京都台東区生まれの小説家。戦後、東京都の職員として働きながら戯曲の執筆をはじめ、長谷川伸の門下に入る。1955年からは執筆業に専念し、小説にも取り組む。1960年『錯乱』で直木賞を受賞。『鬼平犯科帳』など歴史・時代小説を中心に多くの作品を残した。食や映画に関するエッセイも多い。

『むかしの味』
新潮文庫／1988年

スガレ追ひ

井伏鱒二

私はヂバチ(地蜂)を飼ってやろうと思った。

広辞苑で見ると、ヂバチはスズメバチに似るが形が小さく、体長約一五ミリ、全体黒色、腹部に黄白色の横縞《よこじま》がある。土地に穴を掘り、材木をかじってその粉を練り、他のスズメバチと同じ形の巣をつくる。幼虫《ようちゅう》を「はちの子」と云《い》って食用。和名クロスズメバチ。別称、スガリ、スガレ。

世界大百科事典によると、クロスズメバチは地中に巣をつくるので、ヂバチと俗称される。比較的、乾燥した地中に直径一―二尺の球型の巣を営み、他のスズメバチ類と同様にその中に数段になった幼虫室をつくる。体長は雌《めす》及び雄《おす》一六ミリ、働き蜂一二ミリ内外、黒色の地に黄色を帯びた白い斑紋《はんもん》と條紋《じょうもん》がある。北海道を除く日本全土のほか、朝鮮、中国に分布する。幼虫はよく肥大し、脂肪に富むので食用として珍重され、長野県では缶詰にして販売されている。採集には成虫《せいちゅう》の好物で誘引してその巣の所在を確かめ、薬品または煙を巣に送り込んで成虫の目をくらませてから、巣を発掘する。

一昨年の夏、私は信州高森に住んでいたとき、家を修理してくれた大工のヤッサンからヂバチを飼う話を聞いた。何か童話風な話のようだと思った。ヂバチの幼虫が盛んに育つのは秋蕎麦の花盛りの季節だというが、ヤッサンは七月下旬ごろから八月中旬ごろの間に巣を掘って来て箱のなかで育てるのだと云った。

「それではヤッサン、ヂバチを蜜蜂のように分封させるんだね。」と訊くと、「いや、もっと強引なやりかただ。土のなかの巣を蜂と一緒にごっそり捕って来て、蜜柑箱《みかんばこ》のなかに土と一緒に入れて置くんだ。そうすると、だんだんと巣が大きくなって来る。」と云った。広辞苑にも世界大百科事典にもそのことは書いてない。

普通、ヂバチの巣は蛙《かえる》の肉を餌にして蜂の誘導で見つけると云われている。このやりかたでするのは、「スガレ追い」と云われているそうだ。蛙の肉を三ミリくらいに小さく刻んで目じるしの真綿をつけ、唐松の枝に仕掛けて置くとヂバチが来て巣に運んで行く。人間はその目じるしを追って巣の在《あ》り場所を確かめて置き、夜になって花火または煙硝《えんしょう》やセルロイドをくすべて巣を掘って来る。ヤッサンは煙硝を入れたカンカラ缶に細い煙出しの筒をつけ、缶を火であぶって煙を出すようにしているそうだ。ハンダで煙出しをつけるのだ。その工作は楽しいだろう。

巣のなかの子は、幼虫、さなぎのほか、成虫になりかけて頭が少し黒くなったものなどもいる。それをみんな一緒に薄塩で湯掻《ゆが》き、軽く油で処理しながら醤油と味醂《みりん》で佃煮にする。信州伊那《いな》のヂバチの缶詰はこの調理法によるものだという。

ヂバチの食通は、缶詰の中身を自分の好きな味に煮なおして食べるそうだ。私は大体その程度のことは話に聞いていたが、取って来た巣を箱のなかで育てる話は初めて知った。

「ヤッサン。お前さんはそのやりかたを、いつ誰に教わった。子供のとき教わったか、大人になってからか。」と訊《き》くと、「この辺のものは、誰だって知ってる。俺は終戦の年、尋常《じんじょう》六年生だったが、ヂバチを二十箱以上も飼ってたよ。気が向いたら、誰だって飼うじゃないか。俺の隣のうちの隠居は、去年なんか七十箱の上も飼ってたよ。」と云った。

ヂバチの子も、八ヶ岳の唐松の林を飛んだ蜂の子は食べて美味しいそうだ。なぜだか八ヶ岳育ちの蜂の子は不思議に美味しい。「第一、ウジの色からして違う。」とヤッサンは云った。私はウジを食べるのは別として、とにかくヂバチを巣で飼いたいと思った。あの黒っぽい蜂の一匹ずつ、石版画か墨絵から抜け出て来たようで、鮮度がある。庭に常夜灯や石仏《せきぶつ》など飾って置くよりも、土間の外にヂバチの巣を飼っている方が気持がいい。あの気のきいた飛びかたが私は好きだ。来年の夏はヤッサンの指導で巣を掘って来て、一箱でも二箱でも軒下で飼いたいものだと思った。墨絵の一匹が軒をかすめて空へ飛んで行く。ヤッサンの話だと、ヂバチは巣を大きくするにつれて穴の間合を拡《ひろ》げるため、巣を出るときには必ず土や砂粒を口に啣《くわ》え、一回半ほど空で旋回して流線型に飛んで行く。昔から三回は旋回すると云われているが、実際は一回半だとヤッサンは云った。遠距離へ飛んで行くときには初め高く舞いあがり、近くへ行くときには大して高く上らないそうだ。いずれにしても私の飼うヂバチが、軒先を旋回するのは粋な眺めではないかと思う。三箱も四箱も飼いたいと思った。

『スガレ追ひ』より　抜粋

解説

「スガレ追い」とは、信州で昔から珍味として食べられてきた「はちのこ」を採るための方法です。

「はちのこ」を採るには、まずカエルやウグイなどの肉片を囮《おとり》の餌にして、一匹の地蜂《じばち》を捕まえることから始まります。次に、餌に付けてある綿などを目印にして、巣に帰ろうと飛んでいく地蜂を追いかけて営巣を見つけます。この地蜂の別名を「スガレ」と呼んでいることから、「スガレ追い」と言われるようになったそうです。そして、営巣が見つかると発煙筒などを使って巣の内部を燻《いぶ》しあげ、地蜂が一時的に仮死状態になっている時間に地中から巣を掘り出します。掘り出した巣から取り出した幼虫が「はちのこ」です。

「はちのこ」は佃煮や甘露煮にしたり、それを炊き込んだ蜂の子飯にして食べます。他にも油炒めにしたり、餅や寿司に混ぜたりするそうです。独特の風味がある食品として今も珍重されている「はちのこ」ですが、動物性タンパク質の乏しかった本州中部辺りでは、古くから貴重な栄養源として食べられてきた郷土料理の一つでした。

「長野県は昆虫食王国として知られている。大正時期の調査では一七種類もの昆虫が食べられていたというからすごい。いまでも駅前の土産物店などの店頭には、イナゴ、ハチの子、カイコ、ザザムシ（主にトビゲラの幼虫）などが普通の食品のような顔をして並んでいる」（『昆虫食入門』内山昭一）といいます。

井伏鱒二の「スガレ追ひ」は、一九七四年から一九七六年にかけて『文芸展望』という雑誌に連載されました。大工のヤッサンをはじめ農家のロカサン、中村屋の隠居、後藤医師、俳人の飯田龍太などが登場します。これら「私」以外の登場人物者たちから聞いた話や新聞記事などに基づいて「スガレ追い」にまつわる話が構成されていく、一種独特な随筆作品といえるでしょう。「スガレ追い」に熱意を傾ける人々の姿が、井伏のまなざしを通して生き生きと描かれています。

井伏鱒二

（いぶせ　ますじ）1898〜1993

現在の広島県福山市生まれの小説家。早稲田大学中退後、本格的に同人誌に参加し執筆活動を行う。同人誌に発表した『幽閉』を改作した『山椒魚』などで、作家として評価される。1938年『ジョン万次郎漂流記』で直木賞を受賞。1966年に『黒い雨』で野間文芸賞を受賞し、同年文化勲章を受賞した。

『スガレ追ひ』
筑摩書房／1977年

あんらっこ（カリン）

宇都宮貞子

私たちの子供の頃は、小学校（長野県更埴市《こうしょく》）の裏庭などにカリンという木がよく植わっていた。モッカとも呼ばれていたが、実はまずくて、玩具《がんぐ》にするだけだった。これはマルメロだったろう。

野尻湖畔の村々では、今もちょいちょいマルメロの木を見かけるが、五月下旬に行った時、花盛りだった。これはどこもかも白い和毛《にこ》で包まれている。葉裏にさわるとビロードのようだし、萼筒《がくとう》も一面の綿毛だ。花弁だけにはないと思ったが、ルーペで見ると、花爪《かそう》と、その近くの縁には長めの軟毛がある。雄蕊《ゆうずい》の花糸は薄い古代紫で、黄色い花粉にまみれながら二〇本余りがぞっくりと揃い立ち、末はわんぐりと開く。大ぶりの白い花弁には、紫めいたピンクの毛細管が拡がっている。

この木はどこでもカリンと呼ぶが、三水村《さみず》(上水内郡《かみみのち》)の大川栄一さんの話に、

「カリンの花はとき色で、リンゴの花と同じ頃咲くが、リンゴよか大きくてきれいさね。実にも葉にも綿ついてやすよ。カリンは水《みず》っ傍《ぱた》だとよく実い結ぶとって(といって)、池端に植えやすで。諏訪じゃ田の中へ土盛って植えとくね。本や書きものの中へカリンの実入れとけば虫つかねせう(という)。いい匂いするでだらず(だろう)。こういう虫ばっかでなく、子供の癇《かん》の虫にもいいせう。ひきつけた時にこの汁くれる。薄く切って砂糖漬けにしとくと、朝のお茶おけ(うけ)にいいもんですど」と。

野沢温泉(下高井郡)の河野いしさんによると、

「カリンはたまに植えてるうちあるのんだ。おら子供の時分の方がたんとあったんださ。若い時分、おくらさ(おくらさん)がハチクレのカリンを湯でかじってたっけ。虫食いでデコボコした実をハチクレせうんださ。酸くて渋い実だども、昔はそんなもんでも食ったっちゃ」と。

野沢温泉は湧出量が多いので、共同湯とは別に、洗濯場という洗い場が村の方々にある。そこで洗濯しながら、おくらさがかじっていたのだという。

――カリンは昔から旧家の屋敷内に、一株は植えてあったようです。クヮリンと呼び、生

でも食べますが、固くて渋味があり、おいしくありません。今春親戚の家でカリン酒や、実を切って漬物にしたのを食べましたが、一般的ではないようです――

これは新潟県六日町《むいかまち》(南魚沼郡)の種村準一さんのお手紙からの引用である。

明科町《あかしなまち》(東筑摩郡)の池上左徳さんは、

「カリンを植えてる人はちょいちょいいますんね。表へカリン、裏へカシの木植えて、〝借りんで貸す〟と縁起をかついだ、なんていうだいね」と話した。

「この辺でカリンてうのはマルメロだが、ポツポツ植えてやす。藪っ木で、でかくはならないね。この実はよく匂うで、〝カリンの泥棒はできない〟という。ほんもののカリンも昔はお宮にあったが、この実は食べられないで、子供の時分はおもちゃにしやしたで。これは大木になるが、カリンの三味線の胴なら最高だという。カリンの本名はアンラッコってうんだそうですがな」

とは、武石村《たけしむら》(小県郡《ちいさがたぐん》)の滝沢福督さんに聞いたことである。

奈良県明日香村の奥にある、飛鳥川上坐宇須多岐比売神社《あすかのかわかみにますうすたきひめじんじゃ》の高い石段の登り口、この社名を彫った石標の横に、ほんもののカリンの木が植わっている。初見なので珍しかった。

幹は黒緑の外皮がむけて、黄褐色の肌との斑《まだ》らが目立つ。五月下旬のことで、見上げると、親指一節大ほどの青い実がポツ、ポツと立っている。この花は早春で、葉の出るのと同時に咲くという。

　雲が割れて夕日が射し、カリンの茂みがさやさやと風に鳴る。丸くて大きめな葉だ。下では飛鳥川の水音がひびく。ほとんどすべて花崗《かこう》岩の上を流れるこの川は、小滝と小淵の連続だから水音が高い。ウズタキ姫とは、この川の水神にふさわしい名だ。渦とタギ(凹凸面を流れる水の烈《はげ》しい様)を思い浮かべる。ただ正確にいえば、多岐のタギはいいが、宇須は渦(ウヅ)ではない。また尊貴の意としてもそれはウヅで、ウズではない。

　ここより上流の栢ノ森《かやのもり》に祀られている賀夜奈流美命神社《かやなるみのみことじんじゃ》の内苑にも、細いカリンの木があるし、橘寺《たちばなでら》の池畔でも一本見た。牧野植物図鑑に「しばしば神社の庭にアンラン樹といって植えてあるのは本種である」と、カリンの処に出ている。薬用のために社寺に植えたものか。

「法文、聖教の中にもたとへるなるは『魚《いお》子おほかれど、まことの魚となることかたし。奄羅《あんら》といふ木は、花はしげけれどこのみをむすぶことかたし』とこそは説きたまへるなれ」と『大鏡』に見え、注には「『譬《ヘバ》如《シ》二魚母《ノ》一、多《ク》有《リ》二胎子一、成熟者少《シ》、如二奄羅花多《ク》果少《キガ》一』と涅槃経《ねはんぎょう》にある。奄羅は俗にクヮリンと称する木」と説明されている。

栢ノ森の皆巳《みなみ》正義さんの話に、

「お宮にある木はカリンではのうて、アンダンいう木でんね。これは山にはないよって、どこかから持って来て植えたもんですねん。梨の種類で、梨みたいな実いがなりますが、食べられしまへん。漢方薬やそうですねん。私の子供の頃太いのあってんけど、お宮の火事で焼けてしもてん」と。

『科の木帖』より

解説

宇都宮貞子は、一九〇八年に長野市で生まれました。終戦後、長野県の各地を訪ね歩き、様々な植物方言の採録などに取り組みました。本作の「あんらっこ」という題名は、武石村（小県郡）の滝沢福督さんから「カリンの本名はアンラッコ」と聞き出したところからついたものです。

カリンとはバラ科の落葉高木で、果実はシロップ漬やカリン酒にしたり、飴や羊羹《ようかん》などの原材料となります。また、痰《たん》や咳を止めるため、切って乾燥させた実を煎《せん》じて飲んだりもします。

貞子が子どもだった頃、長野県更埴《こうしょく》市（現在の千曲《ちくま》市）にあった小学校の裏庭にカリンが植えてありました。ところがこの木は、正しくはマルメロだったのです。カリンとマルメロとは、植物学的分類上は同じバラ科ですが、属が異なる別の木でした。

カリンは中国原産の木で、長野県の南信地方をはじめ、東北地方や山梨県で栽培されてきました。果実は楕円形で、熟すと黄色くなります。表面はすべすべしていて、果肉は柔らかくなりません。一方、マルメロは中央アジア原産の木で、長野県ではおよそ三百年前から栽培されてきたといいます。果実はカリンよりもやや丸く、成熟すると黄色くなって密毛に包まれ、果肉は加工すると柔らかくなります。

カリンとマルメロは、果実の見た目や香りが似ているためか、しばしば混同されてきたようです。

長野県の諏訪地方は古くからカリンの産地として有名ですが、これも実はほとんどがマルメロでした。江戸時代に導入されたときから、諏訪地方ではマルメロを「カリン」と呼んできたのです。

植物の名前は、各地方の生活文化と結びつきながら、多様で固有な呼ばれ方をしてきました。宇都宮貞子は、暮らしと共に生きてきた植物たちの方言や民俗文化を訪ね歩き、串田孫一や尾崎喜八らが主宰する山の文芸誌『アルプ』などに文章を発表しました。

串田孫一は、宇都宮貞子の『草木ノート』の序文を執筆し、「丹念に築かれた植物民俗学で、これほど教えられることの多く、かつ酔わされる文章は今のところ私は他に知らない」と評しています。

宇都宮貞子

（うつのみや　さだこ）1908〜1992

長野県長野市生まれの植物民俗学者。旧制県立長野高女卒。東京女子大中退。1968年には『草木覚書』を出版。2年後には、文芸誌『アルプ』で1959年から連載していた原稿をまとめた『草木ノート』を読売新聞社から出版する。その後も『四季の花』『科の木帖』など、植物民俗学に関する本を世に送り出した。

『科の木帖』
文京書房／1990年

山

幽霊

北杜夫

それからというもの、僕のまわりには、大いなる〈自然〉があった。

親しみぶかいもの、冷たく拒むもの、おし黙ってうごかないもの、特有な言葉でささやきかけるもの、うっとりと睡《ねむ》らせるもの、欲求の目をみひらかせるもの、それらすべてを含みまじりあわせた自然の生地が肌にふれ、同時に、この世のあるかぎり伝わってゆくにちがいない豊かな言い伝えの世界が、僕の眼前にひらかれた。

いわゆる日本アルプスとよばれる山脈が、つらなりあい重なりあい、雄勁《ゆうけい》にまた優美に、荒けずりにまた手をこませて、ここの土地に天をめざして屹立《きつりつ》していた。事情のゆるすかぎり、すなわちいくらかの食糧さえ手にはいれば、僕はこの山中にわけいり、渓流をさかのぼり、尾根を縦走した。今になって顧《かえり》みれば、それはまったく若者の無鉄砲な単独行といってよかったであろう。日程もきめず、捨縄をつかって岩壁をすべりおりたり、そこらの岩かげに山岳部から借りうけたシュラーフ・ザックのなかにまるまって一夜をあかした。弱い体力を、ただ理由もわからぬいらだたしさで鞭《むち》うち、突兀《とっこつ》とした冷たいねずみ色の岩を攀《よ》じたのである。三米《メートル》ほど墜落したこともあったが、血をにじませただけで骨も折らずにすんだ。豪雨と雷鳴が縦走路の中途で僕を襲い、骨の髄《ずい》まで凍えさせたこともあった。季節はずれのことて、たどりついた小屋には寝具もなく、ひと晩じゅう悪寒がとまらなかった。そうした僕のすがたは、わけもない内奥の力に追われてさまよいまわる獣の姿にも似ていたかも知れない。

しかし多くの日々、なごやかな眼差を自然はむけてくれた。夜半の山頂にみあげる星の陣は、この世のものとも思われなかったし、またひろびろとまるく群青にのべられた天空からの輝やかしい光をあびて、身をくねらした雪渓《せっけい》が光をかえし、晩《おそ》く萌えでた新緑の色が谷間を満たすのを見おろすとき、僕はこの空の下に立ち、この峰のうえに立つ身の幸いを覚えないわけにいかなかった。山巓《さんてん》の空気は一種ふしぎな浄《きよ》らかなものからできていた。それを吸いこむと下界の慌だしさはこの身から失われた。たとえば恒久のしずけさというようなもの、その静寂のなかでなにものかの醗酵してゆく気配というようなもの、そのほか言葉ではあらわせずただ血で感ずるより仕方のないものが、そこではしきりに胸をかすめた。

そういうとき、今まで捜していたものが、わけもなくふっと姿をあらわすのではないかと思われた。地衣《ちい》の生えた岩のたたずまいとか、這松《はいまつ》の枝のくねり方とか、落葉の下をくぐってゆく水のまたたきとかのなかに、なにかの拍子で僕はそれを予感することがあった。ちょうど昔、あの大鏡のなかに、ふっと現われるかもしれない形象を期待したときと同じように……。


この土地の四季の移りをいうならば、冬には、痛いまでに肌をさす冷たさのなかに、山容《さんよう》はけだかく立ちはだかり、その起伏と陥没に、いいがたい重量感をあらわしている。黒ずんだ肌にうっすらと粉雪をふりかけた一連の山つづきがあり、きらめかしく陽光を全反射させている雪嶺がある。おどろくべき微細な陰影の凝集があり、目をうばう清浄な光輝《こうき》がある。一切がきびしい寒気に凝りかたまりながら。

そのうちに、春のきざしが空をわたってくる。小川の土手の雪が水におちこむのが聞えるようになると、とおくの山影はうっすらとけぶってくる。靄《もや》ともつかぬ水蒸気が谷間谷間にたゆたい、盆地ではすでにイヌノフグリが可憐な花をひらきはじめる。しかし山の春はずっと遅れるのが定めで、ようやく上流の雪がとけると、谷川という谷川は水量をまし、濁りながらすさまじい勢いで岸につきあたる。岩がくずれ小径は荒され、流木が横たおしになってうちあげられる。この破壊はやがて跡方もなく消えてしまうものだが、毎年くりかえされる自然の胎動なのだ。この頃アルプスのふところは、まだどこもかしこも荒涼とし、豊穣な廃墟といった外観を呈している。だが、東のほうの低山、たとえば鉢伏山《はちぶせ》とか三城《さんじろ》牧場あたりには、春がいそぎ足で麓《ふもと》から駆けのぼっていく。ひと雨ごとに落葉松《からまつ》の玉芽がふくらんでくる。そうこうしているうちに郭公《かっこう》が渡ってきて、谷間から林へと単調な寂《さ》びた声をこだまさせる。牧場の芝が萌え、つつじの蕾《つぼみ》がふくらみだすと、すでにさわやかな初夏の風が梢《こずえ》をわたるようになる。

そうした日々、僕は幾度わか葉のそよぐ林のなかに寝そべって、ひと日を過したことだろう。僕の手には本が開かれてはいたが、ほとんど読むということは為《な》されなかった。幾行かが胸に沁み、幾行かが目をかすめると、夜の不眠にひきかえふしぎなくらいに、もうけだるい睡気心地がやってきた。あわい後悔がましい夢がおとずれ、訪れたかと思うとすぐに消えた。風が立って、ひとつの葉がふるえはじめると、葉から葉へ梢から梢へとそよぎが伝わった。すると僕は、うすく目をひらいたまま、かすかな旋律が、そこらあたりから伝わってくるのを感ずるのであった。あのフルートのものうい独奏部、やるせなく高まってはくずれてゆく音階である。その幻聴にあわせて、夢ともつかぬ幻覚があらわれた。彼方に茂った灌木《かんぼく》のかげに寝そべっている牧神が、ゆったりと半身をおこして葦笛《あしぶえ》を口にあてるのだ。神話のつたえる風態とは異なり、その醜貌多毛のかわりに、しなやかな身体にホルスタイン種に似た斑紋《はんもん》をもっていた。おそらく医学生から見せられたニジンスキーの牧神の姿から由来したものであろう。僕は横たわったまま、なお放恣《ほうし》な幻影をよぶ。林の奥のうすあおい樹かげに、髪をすくニムフの裸身がほの見えることもあった。僕は後年、リファールの演ずる牧神を観たが、それとても、このころの稚《いとけな》い、だが微細をつくした夢想にはくらべることができなかったと敢《あえ》て言いたい。すき透るように白いニムフの姿態が一瞬のけぞると、すでにして幻影は消えうせていた。僕は目をあげて、梢からのぞく空の色を見、背すじにさわる下草の感触をたのしんだ。柔かい針葉がおちてきて、僕の頬を刺したりした……。

この頃になって、西方の山にも本格的な春がやってくる。たとえば上高地平では、一時にあつまった百鳥《ももとり》のさえずりのなかで、タラの芽をはじめ、すべての灌木が赤っぽい芽をひらきはじめる。ついこの間まで雪の残っていた、まだじめじめした崖下の樹かげも、一斉に萌えでた緑ですぐおおわれてしまう。そこここの路傍《ろぼう》は、白い小花の大群落で白布を敷きつめたようだ。しかしもっと山を登ってゆくならば、森林帯のなかはまだ雪で径《みち》もあらわれていないことがわかるだろう。樹木のわきだけ雪がとけてぽっかりと穴があいている。樹皮につけられた斧《おの》の跡をたよりに上へ上へとすすむと、やがて雪のない這松地帯にでる。斜面の枯れつくした草地のうえには、溶けのこった小雪渓《しょうせっけい》があって、下のほうからちょろちょろと水がながれだしている。だが、注意してみることだ。荒れつくし枯れつくしたそこいらに、ちらほら緑色のものが覗いているし、それどころか、少なからぬコイワカガミがもう蕾をつけていることさえある。高山では、ながい冬がすぎると、いっぺんに春から夏へ移ってしまうのだ。半月もたたないうちに、そうした斜面が、無数のシナノキンバイのふくよかな花弁におおわれて、一面に黄いろい海になってしまうこともある。その変化のすばやさ鮮やかさはまるで魔法のようだ。無数の高山の花たち――砂礫《されき》地帯に数本ずつかたまって咲くコマクサ、思いがけない個所にぽつねんと上品な暗紫色の花をのぞかせているクロユリ、これらの星に似た、鐘に似た、あるいは不均斉《ふきんせい》なさまざまの形、虫たちを惹《ひ》きつけるための色彩をきそって咲きそろう有機生命のどれをとってみても、おどろくべき精緻な自然の造形と意匠がみられる。

それから、飛ぶことのできる花、あの高山の蝶についても、ぜひとも記しておかねばならない。地味な、しかし柿色の紋によってその同類よりは遙かにひきたつベニヒカゲやクモマベニヒカゲは、花々のあいだからゆっくりと飛びたっては、また五色の海のなかへおりてゆく。それに反してコヒオドシは、すばやく宙をよぎって岩のうえに翅《はね》をやすめ、二、三度翅を開閉させたかと思うと、もう電光のように消えていってしまう。ミヤマモンキチョウは太い黒帯を黄の衣裳に対照させながら、クロマメノキのあたりをためらいながら飛んでいる。ようやくひとつの葉が気にいると、彼女は腹をまげてまっ白な卵を産みつける。それから、みやびやかなクモマツマキチョウ、風の精かともまごうこの上品な白い服をもつ小天使の前翅には、選ばれた山人がほんの何回か垣間見ることのできる、あのローゼンモルゲンのくれないが輝やいている。——寝ころんでいる僕の前を、彼女らは次々とよぎり、花にとまり風にたわむれ、その華美な衣裳をひるがえしてみせてくれるのだ。この目で生きている彼女らを見るのは初めてではあったが、僕は彼女らを捕えようとはしなかった。採集家のわるい癖は、たとえばハドソンのような人でさえ告白しているとおり、どんな美麗種であれそれが普通種であるかぎりは、彼の目にうつくしく映らなくなってくることだ。しかし僕の目はもう幼な子にかえっていた。いまさらのように、どんな神秘な偶然が、彼女らの翅にこれほどの斑紋の妙と色彩の渦巻をつくりだしたかを考え、見とれては恍惚《こうこつ》となり、我にかえっては、彼女らのためにまた僕自身のために微笑した。

……僕は彼女らを見つめる。その虹色のかがやきから、こまやかな翅のふるえから、ずっと以前、僕が粗末な網を手に、息をひそめ彼女らの同類にしのびよった数限りない日々、草いきれ、強烈な夏の日ざし、少年時代の楽園がうかびあがってくる。忘れられたときめきが、微光のように、沈んでいた心の深みからよびもどされてくる。一体彼女らこそ、この世に生き残った最後の妖精ではなかろうか。あまりにも脆《もろ》く、あまりにもたおやかに、音もなく燃えたちながら眼前をかすめすぎてゆく彼女らは？　彼女らに魂という観念をむすびつけた太古の人々の気持が、おなじように僕を領《りょう》した。そして僕もまた、おなじように単純な、だが象徴的な物語をつむぎあげた。物象におどろきを感ずるすべての未開人と似かよった道すじをたどりながら。

またもや僕のまえに一匹のクジャクチョウがおりたつ――あの素晴らしい眼紋《がんもん》と光輝とにつつまれて。この蝶の羅甸《ラテン》名の種名には、伝説のつたえる少女イオの名がもちいられている。彼女は愛ゆえに牝牛の姿となり、ゼウスの妻がおくった嫉妬の虻に悩まされながら、各地をさまよいまわらねばならなかった。見なれぬ国の太陽がのぼるとき、疲れきって目ざめた少女の膝もとから、生れたばかりのやわらかい蝶が舞いたった。少女の涙はその翅のうえにこぼれた。それ以来クジャクチョウの前翅には、痛々しい涙のあとが、いまだに真珠のように光っているのだ。伝承のことをいうならば、森林の下草にまじって輪生の葉をひろげているクルマバツクバネソウは、パリスの名をもって呼ばれている。美の褒賞としてヴェヌスの手に黄金の林檎《りんご》を手わたした若者、あの長年にわたる戦役の原因となった若者の名である。またイワナンテンは、日の神に愛された少女レウコノエのうなじの白さを、今もまだつつましい有梗花《ゆうこうか》のすがたに示している。尾根の砂礫のあいだに簇集《そうしゅう》するイワヒゲも、また壺形の小花をひらくヒメシャクナゲも、それぞれカシオペイア、アンドロメダという名を属名に冠していた。そして夜には、同じ名でよばれる星座が、おどろくばかり間近く、はっきりと、なじみぶかい形をあらわすのだったが、夏であればこの両者よりも、ヘラクレスとか白鳥とか蛇使いとか蝎《さそり》とか射手などの星の陣が、それぞれの古い物語をくりひろげてくれるのであった。

ときとすると、ふりそそぐ光の粒子と極度に透きとおった大気の中で、自分がひょっとすると自分とはおよそ縁どおいあるもの、たとえば世間でいう詩人とかいうものではないか、という観念がひょっこりと浮んでくることもあった。いつだったか小学生のころ、パステルをあやつったときのような、内奥からたちのぼってくる何者かの力を僕は感じた。そして、その捉《とら》えがたい影をさぐろうとして手をのばし、その憧憬とも渇望ともつかぬもののために身もだえした。しかし、それはわずかに僕のくちびるをふるわせるだけだった。それは言葉とはならなかった。それは喉元で渦をまき、胸を波だたせるばかりで、やがてたゆたって、ゆらいで、消えてしまった。どこへとも知れず、がらんとした空虚さをあとに残して。それは誰だって、こんな場所にこんなふうに坐っていれば、こんな妙な、こんななにか面《おも》はゆい気分にもなるさ、と僕はつぶやいて自らの妄想をひどく恥じた。だが、そのうちに、こんなふうに考えることもあった。もしかすると、もしかすると、いつか僕は目をひらくかも知れない。僕の目が事象の背後を透視し、その本質をみぬけるようになる日がくるかも知れない。……僕は眉をしかめた。口をとんがらかした。また肩をすくめてもみた。あげくの果、リュックサックから飯盒《はんごう》をとりだして平らげ、そのうえパンのかけらをとりだして齧《かじ》り、こんな食いしん棒な詩人ってあるかしら、と思った。

しかし、平らかな心の状態ばかりはつづかなかった。変りやすい高山の天候そのままに、いらだたしい、目的のわからぬ欲求がやってきた。同じように原因のわからぬ煩悩《ぼんのう》がやってきた。激しい情欲のごときものがとおりすぎ、ついでおそろしいまでの寂寞《せきばく》があたりをとりかこむこともあった。

僕はくるおしく軀《からだ》をおこして、燥《かわ》ききった空の下の、うつくしく調和にみちた世界をみつめた。ものみなは、あまりにも浄らかに、あまりにも非情にひろがっていた。〈自然〉のどの一片すら――なんという秩序、なんという統一、なんという均斉であったことだろう。僕はあらあらしく草をひきちぎり、露出したくろ土に顔をすりつけた。なにがなし獣の匂いをもとめた。雷にうたれて死にたいとも願った。雷鳥の雛《ひな》をとらえて締め殺したいとも念じた。僕は急な斜面をころがった。ころがりながら、刺すような植物の香を憎んだ。なおも無鉄砲にころがると、灌木の幹が僕の身体をうけとめ、つきでた枝が僕の手を傷つけた。起きなおろうともせず、ながれでる血をながいあいだ乾いた口に吸った。あたかも傷ついた獣のように。

だがやがて、しずかに落ち着いた秋の日がやってくる――すぐ間近に凋落《ちょうらく》と凝結を暗示しながら。

『幽霊』より　抜粋

解説

「人はなぜ追憶を語るのだろうか。どの民族にも神話があるように、どの個人にも心の神話があるものだ。その神話は次第にうすれ、やがて時間の深みのなかに姿を失うように見える。――だが、あのおぼろな昔に人の心にしのびこみ、そっと爪跡を残していった事柄を、人は知らず知らず、くる年もくる年も反芻《はんすう》しつづけているものらしい」

『幽霊』は、このように静謐《せいひつ》な書き出しで始まる、北杜夫の処女長編小説です。作者が幼年期から少年期に抱えていた母への慕情や少女への憧れを、山を始めとする大自然との心の交感とともに描いた作品です。自らの過去を追憶し、忘れられていた幼少年期の記憶をたどりながら、心の深層に潜んでいる魂の回想が綴《つづ》られています。

北杜夫は、一九二七年、歌人で医師であった斎藤茂吉の次男として東京都に生まれました。生家は、祖父が創設した「青山脳病院」を営んでいました。幼いころからファーブルの『昆虫記』を愛読し、昆虫採集にのめり込んだといいます。一九四五年、旧制松本高校に入学し、青春時代を松本市で過ごしました。

人気エッセイ「どくとるマンボウ」シリーズの『どくとるマンボウ青春記』には、松高時代のさまざまなエピソードが生き生きと描かれています。進路について父と衝突し暗い心境に陥ったときには、ひとり峠を登り、穂高の山並みを眺めたといいます。北杜夫はまた、この作品の中で、「こうして二十年以上経っても鮮明に網膜に残っているのは、信州のひえびえとした大気の中にひろがる美しい山脈である」と記しています。

『幽霊』にも多くの草花や蝶の名前が登場し、信州の自然が美しくあざやかに描き出されています。山々に囲まれて過ごした青春時代の経験は、その後の多くの作品に、自然への憧憬や昆虫への愛として表れてきました。

後年は軽井沢に別荘を持ち、夏の間は軽井沢で執筆をするほか、同じく軽井沢に別荘を持っていた遠藤周作らと交友を深めました。北杜夫は生前のインタビューで、「東京の人は故郷を持たないというけど、東京生まれの僕にとって、信州は第二の故郷」と語っています。

北杜夫

（きた　もりお）1927〜2011

東京都港区生まれの小説家。東北大学卒業。歌人、医師の斎藤茂吉の次男。父の影響で文学に目覚めるが、父の勧めで医学部に進学。船医の経験をもとに執筆した『どくとるマンボウ航海記』がベストセラーとなる。『夜と霧の隅で』で芥川賞受賞。他の代表作に、斎藤家をモデルにした小説『楡家の人びと』など。

『幽霊』
新潮文庫／1965年

山の児

窪田空穂

一年僕は信飛《しんぴ》の境、乗鞍《のりくら》の裾にある、白骨《しらほね》の温泉へ行った。一週間ばかりを其処に送って、未明、一人で帰路に就《つ》いた。

路は、唯一筋あるばかり、檜木峠《ひのきとうげ》を越え、梓川《あずさがわ》の岸に沿って、幾重《いくえ》にも重なった山の間から出るのである。僕は湯の香の染みた単物《ひとえもの》に、東明《しののめ》の寒さを感じながら、断崖と青葉と、其《そ》れを包む朝霧の中《うち》に、心細くも路を求めて、直急《ひたいそ》ぎに急いだ。

やがて、檜木峠の頂に出た。其辺は一面に、雑木の絶間絶間に蕎麦《そば》が植えてある。花は今を盛りに咲いている。夜の間の霧に包まれて、湿《うるお》い渡っている。其緑の葉と白の花、――僕は思わず佇《たたず》んだ。聞きなれぬ小鳥の声が物に驚かされたよう消魂《けたたま》しく一斉《いっせい》に啼《な》く。と、明くるに遅い此山の間に、朝日の光が、ぱっと射るように煌《きらめ》く。……霧は何時《いつ》の間にか何所へか消えて、僕の眼の前には、青葉と白い花とが、新たなる色をして、其所に宿る露《つゆ》を煌《きら》めかせつつ、微かに揺《ゆら》めきつつ広がる。……僕は思わず吐息をした。今まで閉じて居た胸が、俄《にわか》に開いて来るように覚える。

路を曲ると、同じ景色が新たに眼の前に開ける。そして、思い掛けず小さな山小屋が一軒、小高い岩を後ろに、路に向って立って居る。開け払った戸口から煙が細々と洩《も》れて居る。

其れはたまたま此所を通る旅人を休ませようとする茶店であった。古びて、よくも立って居ると危《あやぶ》まれるような家である。唯一間ぎりで、真中に大きく炉を切って、割らないままの丸太を焚《た》いて居る。四十ばかり、色の黒い眼にしいおのある、窄袖《つつそで》の袷《あわせ》を着た女房が、炉端《ろばた》に立膝をして居て、其向いに、十二、三の、眼のくりくりした男の子が、窄袖に股引を穿《は》き、小さく胡座《あぐら》をかいて、両手を火の上に翳《かざ》しながら、母親の顔を眺めて、何か言うのを待つようにして居る。僅《わず》かばかりの駄菓子と、黄色い水を入れた瓶の中に、まざまざと蝮《まむし》のとぐろを巻いているのを、二、三本置き並べてある。

僕は其前を通り過ぎようとしたが女房に声を掛けられると、思わず立ち寄った。そして熱い番茶を飲みながら、其《その》男の子の無心にして斯《こ》ういう所に住んでいるらしい様子を不思議に感じて眺めて居た。

起《た》とうとして、僕は思い付いて、

「おかみさん、此子《この》峠下まで貸してくれられないかね……」と相談した。

「ええええ、お易《やす》い事で」とかみさんは気軽に受けて、男の子を見て、「われ、お客様のお荷物持ってなア……」と言い含めるように言う。

男の子は不思議そうに僕の顔を見て、黙って立って、草鞋《わらじ》を穿《は》き背負《しょ》いこを肩に掛ける。女房は僕の風呂敷包を、其背負いこの上へ小さく結《いわ》い付けた。

僕等は家を出た。男の子は先へ立って、背負いこに隠れるようにして、小走りに行く。僕は後から随《つ》いて行く。

頂は尽きて路は急な下りとなった。蕎麦畑、雑木の林は隠れて、両方から崖が蔽《おお》うように迫って居る。石ころが多く、ともすれば草鞋を通して脚を噛《か》む。……見ると、男の子は大分先へ行って、立ち留って僕の行くのを待っている。僕は歩みを早めて追いつこうとすると、男の子は又小走りに、背負いこに調子を打たせて、先へ行ってしまう。

可《か》なり歩いた頃だ。男の子の姿がふいと見えなくなった……。何《ど》うしたろう、……子供の事だから……と、僕は不安を感じた。そして、辺りを見回しながら、急ぎあしに下りた。が、影も見えない……。

不図《ふと》後ろに人の足音がする。驚いて振り返ると其男の子、両手に、紅《くれな》いに熟した苺の枝を一杯に持っている。

僕は微笑した。男の子も微笑して、黙って其苺を差出す。僕は半分だけ受けた。

二人は苺を食べながら、路のただ広くなった所を並んで歩いて行く。

「お前学校へ行った事はあるかい?」僕は振り返って苺の束をあちこちさせて、熟したのを捜している男の子を見て尋ねた。

男の子は僕の顔を見上げたまま黙って居る。――尋ねられた事が良く解らなかったらしい眼つきをして居る。

暫くして僕は又、「お前町へ行った事があるかい?」と尋ねた。

男の子は前と同じ様子をする。

……唖《おし》なのかしら……と僕はふっと思った。相手にされないので、話の緒《いとぐち》が付かない。実際僕等は、唖のように黙って歩いて行った。

眼界《がんかい》が急に広くなって、一方、遠く山と山と分《わか》れて、其間に谷のあるのが認められる。——梓川の谷間《たにあい》らしい。此路がやがて其所に通じるのだと思われる。

「もう遠くない……」と、僕は気が勇んで男の子に、聞かせるともなく呟いた。と男の子は不意に振り返って僕の顔を見上げて、

「お前《めえ》、此《こ》れから何所の山へ行くえ？」と尋ねる。

僕は驚いて男の子の顔を見た。唖だとしていた子が、思い掛《が》けず物を言ったからである。そして、くりくりした眼に疑いの色を浮べて、答を待つようにしている顔を見返しながら、僕は直《す》ぐには返事が出来ずに居た。

「お前この山出て、何所の山へ行くのだえ？」と男の子は繰返《くりかえ》して尋《き》く。

「何所の山？……おれは里へ出るのさ」僕は問の心を汲みかねて、男の子の顔を見る。

「里？」と男の子は口の中で呟いて、不思議そうに僕の顔を見詰めて居たが、「ふーん」と気の無いように言って、彼方《あちら》向きに成ってしまう。

僕は初めて男の子の心持が解った。彼は山より外《ほか》如何なる所があるとも知らない。たまたま見る旅人は、他の山から此山へ来、更に他の山に行く者とのみ思って居る、——気候を逐《お》っ

て移る渡鳥、若葉を求食《あさ》って移る兎、それと同じように思って、曾《かつ》て疑った事もないらしい……。

僕は男の子と、一里余りの路を一緒に歩いた。不思議なもののように其後姿を眺めた。かわいそうな気がして、里というものを教えようともした。が、何と言って其里を伝えよう。彼には里なるものは、思うにも余る不思議なものでは無いか、よし教え得たにしても、彼は其為に何の幸を得るであろうか。

麓《ふもと》に近い所で、僕は男の子に礼をやって、驚いて見上げる顔を見返して、別れた。

男の子は来た路を、山に向って忙しそうに帰って行った。その姿は忽《たちま》ち見えなくなって、僕の眼には、聳《そび》え立つ青山、其れを越した彼方《あなた》、更に重なり合っている幾つもの頂を、うす青い空の狭く日を含んでいるのが、物寂しく見えるばかりであった。

遠く瀬の音が、地の底を潜っているように聞える。一つの山に沿って、夏草に埋め残された細い路が僕の眼の前にうねって居る……。

『窪田空穂全集　第五巻』より

解説

窪田空穂《うつぼ》は、一八七七年に東筑摩《ひがしちくま》郡和田《わだ》村（現在の松本市和田）に生まれました。一九〇〇年、雑誌『文庫』に発表した短歌によって与謝野鉄幹《よさのてっかん》に認められ、『明星』に参加します。日常生活を詠《うた》う自らの内面に人生の喜びや苦しみや悩みをにじませていく、「境涯詠《きょうがいえい》」ともいわれる短歌を多く作りました。また、早稲田大学の文学部国文科で教授をつとめ、『万葉集』『古今和歌集』『新古今和歌集』の全評釈をするなど、古典研究で知られる国文学者でもありました。

多彩な分野で文章や言語に携わった空穂ですが、郷里である松本平の言葉をめぐる随筆の中で、「或時私は、『私の郷里は東京よりずっと語彙に富んでいる』と心付いた」「松本平は語彙に富んでいると思ったが、少し注意をして見ると、これは、歴史と習慣とが、周囲から変化されることがなく保たれて来たということで、そして、その変化されなかったということも、主として、山に囲まれた、交通の便の悪いところという、地勢からであったことが分かる」と記しています。

空穂が指摘する通り、松本平は山に囲まれた土地です。また、長野県とその県境には数多くの山々が聳《そび》え立っています。日本には三千メートル峰の山が全国に二十三座ありますが、その中の十五座が長野県にあり、そのうちの十二座は県境に接しています。長野県にはさらに、日本アルプスをはじめ、全国に名の知られている山々が連なっています。まさしく、長野県が「日本の屋根」とも云われる所以《ゆえん》でしょう。深田久弥の著書『日本百名山』でも、長野県に最高標高地点のある山が二十九座選ばれており、その数は全国一です。

そうした山々に囲まれた長野県で生まれ育った空穂は、山に関する随筆や紀行文も多く残しています。檜木峠での少年との出会いを記した「山の児」でも、山中の景色がまるで目に浮かぶように丁寧に描写されています。

一九九三年、空穂の業績をたたえる「窪田空穂記念館」が、生誕地の松本市和田に建てられました。記念館は空穂の生家向かいに建設され、空穂ゆかりの資料などが展示されています。

窪田空穂

（くぼた　うつぼ）1877～1967

現在の長野県松本市生まれの歌人、国文学者。東京専門学校（現在の早稲田大学）卒業。新聞記者を経たのち長く早大教授を務めた。雑誌『明星』に詩や短歌を発表し、1905年、第一詩歌集『まひる野』を刊行。以降も多くの歌集を発表し、生活実感に根ざした独自の作風を確立した。随筆、紀行文なども多い。

『窪田空穂全集　第五巻』
角川書店／1966年

雨飾山

深田久弥

雨飾山《あまかざりやま》という山を知ったのは、いつ頃だったかしら。信州の大町から糸魚川《いといがわ》街道を辿《たど》って、青木湖を過ぎたあたりで、遥《はる》か北方に、特別高くはないが品のいい形をした山が見えた。しかしそれは、街道のすぐ左手に立ち並んだ後立山《うしろたてやま》連峰の威圧的な壮観に眼を奪われる旅行者にはほとんど気付かれぬ、つつましやかな、むしろ可愛らしいと言いたいような山であった。私はその山に心を惹かれた。その後、後立山連峰に行く毎に、いつもその可愛らしい山を視界の中に探すことを忘れなかった。雨飾山という名前も気に入った。

初めてそれに登ろうとしたのは、一九四一年六月の初めだったから、まだ太平洋戦争の始まる前である。私は毎年五月末の父の忌日《きじつ》に郷里へ墓参に帰るのを常としていたが、その年もそのつとめを果たしてから、家業を継いでいる弟を誘って、雨飾山へ向かった。私の郷里は石川県の大聖寺《だいしょうじ》という小さな城下町で、上野行の北陸線は学生時代からもう数十回往復している。それに乗って郷里を発《た》ち、午後糸魚川に下車した。日本海に曝《さら》された越後の糸魚川と信州の山の町大町《おおまち》とをつなぐ大糸線は、その頃まだ完成していなかった。越後側は糸魚川から駅が三つ目までしか進んでいなかった。私たち兄弟は、その二つ目の根知《ねち》という小駅まで行った。

地図(小滝)では、雨飾山には道がついていない。ただその北麓に、梶山新湯《かじやましんゆ》という温泉の記号がついている。そこまで行けば登山路の様子も分かるだろう、漠然と私はそんな気でいた。根知駅から梶山新湯まで、地図で計って約十二キロくらいである。その途中の山口という部落まで幸いにバスがあった。その終点で下りて、話を聞くと、梶山新湯は夏場だけの湯で、まだ人が入っていないという。仕方なしその日は山口で泊まった。

雨模様だった空が、思いがけず夕方になって晴れて、私は初めて越後側からの雨飾山をあざやかに仰《あお》いだ。それはすぐ眼の前に美しい形で立っていた。左右に平均の取れた肩を長く張って、その上に、猫の耳のように二つのピークが並んでいる。山が近いせいか、実に堂々としていて、しかも品のある姿勢である。夕日が頂上を染めて、まだところどころの襞《ひだ》に雪が白く残っていた。私は歓喜した。そして薄暗くなり、その美しい山の形が空に消えるまで見惚《みと》れていた。

翌朝早く宿を発ち、山道を辿って梶山新湯へ着くのに三時間あまりかかった。粗末な一棟の山の湯で、無人と思っていたところ、前日上ってきたばかりという小母《おば》さんが一人番をしていた。親切な小母さんだったが、雨飾山へ登る道については何も知らなかった。

私たちは谷川に沿った道を登りかけたが、間もなく、毀《こわ》れた炭焼き窯《がま》が二つ三つころがっている所まで行って、その道は消えてしまった。それから数時間、登路を見つけるために、あちこちへ当たってみた。藪《やぶ》の中を掻《か》きわけたり、大きな岩を越えたり、残雪を渡ったりした。しかしすべての努力も徒労だった。午後になって曇ってきて、一面の霧に取り巻かれた。それが退却のいい口実になった。私たちは断念して、元の谷川へ引返した。岩の間から流れ出る熱い湯がドラム缶に溢《あふ》れていた。岩の上に着物を脱ぎ棄《す》てて、その原始的な湯に首まで浸ることが、取り逃がした雨飾山のせめてもの代償であった(戦後、梶山新湯からハッキリした登山道がつけられたそうである)。

それから二週間ほどして、六月の中旬、私は連れと二人で再び雨飾山へ向かった。今度は南の信州側から登ろうと考えて、大町から出る未完成大糸線に乗った。終点は中土《なかづち》である。そこから約十二キロの道を登って、小谷《おたり》温泉に着いた。この温泉は、梶山新湯と違って、ちゃんとした宿屋が三、四軒あり、私たちの泊まった山田旅館は、構造のガッチリした、気持のいい宿だった。宿の主人は早稲田出身で、山やスキーに堪能な人である。

ここからも雨飾山への登山道はなかった。しかし谷川を溯《さかのぼ》って行けば、登れないことはないという。下の部落に山に明るい人がいるというので、私はその人を道案内に呼んで貰うよう頼んだ。ところが、温泉に着いた翌日から、ずっと天気が悪かった。私たちは四日待った。朝起きてまず見上げる空は、いつも私たちをガッカリさせた。頼んだ案内人も天気にあきらめをつけたか上って来ない。しかしその四日間も退屈はしなかった。私たちはしばらくの晴れ間を盗んでは、散策に出た。温泉の近くには、鎌《かま》池・鉈《なた》池と呼ぶ静かな沼や、すばらしく立派なブナの原始林や、髭剃《ひげそり》滝という奇妙な名前の美しい滝があった。

五日目、とうとう私はまたも雨飾山を断念して、帰途につかざるを得なくなった。が、ただでは帰らなかった。私たちは雨飾山の裾を巻いて、湯峠を越え、越後へ出る道を採った。ずっとブナの原始林の中を行くこの峠みちは、思いがけない収穫であった。越後側へ越えてから伐採の飯場が一個所あったきり、長いあいだ人ひとり出あわぬ静かな道であった。

私たちは再び山口へ出て、二週間前と同じ宿に泊まった。翌日、あざやかに晴れた。雨飾山はその広い肩の上に二つの耳を立てて、相変わらず気高《けだか》く美しかった。向かって左の方が心持高い二つのピークが、睦《むつ》まじげに寄り添って、すっきりと青空に立っていた。

左の耳は
僕の耳
右は　はしけやし
君の耳

そんな即興が口に出てきたのも、私のその時の連れのせいであった。山口から糸魚川に出るバスの後ろ窓から、私はいつまでも雨飾の頂上をみつめていた。やがて左の耳が次第に高くなって、あの美しい均勢が崩れてしまうまで。

糸魚川に出て、町の角に貼ってあるビラで、初めて私たちは独ソ開戦のニュースを知った。

山は一度で登ってしまうよりも、何度か登りそこねたあげく、その頂上に立った方が、はるかに心持が深い。雨飾山がそうであった。その後長い間私は雨飾山を心の底であたためながら、ついに訪れる機会がなかった。そして戦争という暗いトンネルを経て、十六年後についにその望みを果たした。

一九五七年の秋、私は大町南高等学校の文化祭に講演に招かれた。その機会を私は逃さなかった。十月の下旬、北安曇野《きたあずみの》は、稲が黄金色にみのり、柿の実が赤々と村々を飾って、今が秋の絶頂かと思われる美しい日和《ひより》であった。講演をすました私は、その日の午後のバスで小谷温泉に向かった。仲間は、友人の画家山川勇一郎君と、大町南高等学校の先生の丸山彰さん、それに十六年前私の連れであったフラウが加わった。

中土から小谷温泉まで、今度はバスが通じていて、私たちは座ったままで、山田旅館の玄関前まで運ばれた。戦後のバスの発達はおどろくべき勢いである。昔私たちが一日がかりで歩いたような所へも、たいていバスがはいりこんでいる。便利にはなったが楽しみも少なくなった。山の麓へ辿りつくまでの道中——これから登ろうとする山が、前山のうしろに隠見するのを、心をときめかせて眺めながら歩いて行くあの道中。時には暑くて長くてうんざりすることもあったが、しかしそのあいだに、私たちの心持に、登山に対する一種の気構えがおのずから出来上がるのであった。そのプロセスを省略して、バスの発達した現在ではただちに登山に直面させられる。野球で言えば、フリーバッティングもシートノックもなく、いきなり試合のサイレンが鳴るようなものである。と言って、バスのある以上、誰が追い越されて行く車の埃《ほこり》をかぶって歩いて行く気になるものか。すべて性急が現代文明の特徴で、登山もそれから逃れられない時勢になった。

さすがヒマラヤは悠長で、出発点から山の麓まで、キャラヴァンと称する長い道中がある。ジェット機が地球を幾廻りかするあいだに、ようやく目ざす山の下へ着くのである。私たちがジュガール・ヒマールへ行った時、この道中に十一日かかった。苦しいこともあったが楽しかった。

山田旅館は昔と変わらなかった。どっしりとした家の作りや、熱い豊かな湯が滝になって落ちている浴場まで、もとのままであった。ただあるじの山田さんだけが、すっかり銀白の美しい髪に変わって、ゆとりのある風格になっていた。私たちは手厚く迎えられ、秋の珍味が晩餐《ばんさん》の卓に溢れた。

三度目の雨飾山は、ついに私に幸いした。翌朝は拭《ぬぐ》うたような快晴である。私たちが朝飯を食べているうちに、昨日頼んでおいた道案内が下の部落から上ってきた。小柄な老人である。老人と言ったが、あとで聞くと私と同年であった。室谷福一という名前で、四歳の時、父は地図測量班に従事中山で亡くなったそうだ。息子は成長して今はスキー登山の案内もするという。つまり親子三代、山につきあっているわけである。

この案内を先に立てて、私たち四人が宿を出たのは八時前だった。いきなり急坂であるが、それを登りきると、緩やかなトロッコ道に出る。これは近年東洋紡績の伐採が入って、その材木を運び出すために作られた道らしい。

空のどこを探しても一点の雲もない。見渡す限りの山々は広葉樹に覆《おお》われていて、それがいま紅葉の真っ盛りである。私たちはただ、奇麗だな、奇麗だな、を繰り返すよりほかなかった。その広葉樹林が一地域すっかり伐採《ばっさい》されている所があった。この調子で行ったら、全山裸になってしまいそうな無慚《むざん》な伐採ぶりである。私たちは登山者の単純さで資本主義を呪ったが、行くうちに、前面に雨飾山がキッと頭をあげているのに出あうと、もう文句は無くなって、その立派な姿を讃《たた》えるだけの単純に返ってしまった。雨飾山は中腹以上いかめしい岩で固められて、越後側では見られぬ別のきびしい面を現していた。

やがてトロ道に別れて、右手の細々した道に入った。それは灌漑《かんがい》用の用水に沿うていたが、その水の取入口まで行くと、あとはもう道らしいものはなかった。私たちは大海川の河原に下りて、それから先はその流れを遡《さかのぼ》って進むことになった。

流れはゆるやかであったが、右岸へ左岸へと徒渉《としょう》を繰り返さねばならなかった。先頭の道案内は地下足袋で、器用に石の上を飛び移りながら川を横切る。続くわがメム・サーブも初めはそれを真似《まね》ていたが、そんな軽業《かるわざ》が出来ないと悟ると、キャラヴァン・シューズのままジャブジャブ水を渡る方針をとった。山に慣れた山川・丸山の両サーブは、登山靴を濡らさず、足場になる石を選んで対岸に移る熟練を持っていた。

徒渉は十数回に及んだ。河原の広くなった所に、太いドロノキが数本まばらに立っていて、そのサビを帯びた木立の風情は、あたりの景色を妙に古典的にしていた。私たちは一番太い幹を計ったが、三人の手でやっとそれが巻けた。

大海川が二つに分かれる所まで来た。私たちはその左を採った。今まで比較的ゆるやかだった谷が、にわかに急な沢になった。やがてその沢はまた二つに分かれた。その右手へ入ると、すぐ滝で拒まれた。横幅の広い、見ごたえのある滝で、黒滝と呼ばれているそうである。なるほど岩が黒い色をしているので、滝まで黒く見える。私たちは引返して、左手の沢へ入った。しかしこの沢も容易ではなかった。岩を飛び越えたり、へつったり、滝を避けるために傍らの藪の中を高捲《たかま》きしたり、せねばならなかった。高捲きするため滑りっこい急斜面を攀《よ》じる時には、山川君の持っていたピッケルが役に立った。彼は山行にはエチケットのようにピッケルを携えるのを常としている。雪を切るためのこの道具が、ジメジメ湿った崖に足場を作るために役立とうとは、思いがけない効用であった。

沢の中途で昼食にした。こんなに遅々とした進行では、今日中に頂上へ着けるかどうか、少し怪しくなった。

沢筋に水の流れが無くなると、あとはゴロゴロした大きな石を踏んで行くだけになった。その大きな奴は、失礼にもメム・サーブが山川サーブの頑丈な肩の上に乗って、乗り越えねばならぬものもあった。珍しい紫色をした可憐なナデシコの一株を見つけたのは、そのへんであったろうか。もう森林帯は抜け出て、見晴らしが展《ひら》け、すぐ頭上に岩壁が見えてきた。それはフトンビシと呼ばれる巨大な岩で、その岩のあいだを、まるで廊下のように細い隙間が通じている。

私たちはその咽喉《ゴルジュ》を通り抜けて、上に出た。もう沢の源頭《げんとう》まで来ていた。あとは稜線までの急斜面があるだけである。今までに見たこともないような大きな一枚岩《スラブ》の横を通って、私たちはそれぞれ自分の一番歩き易そうな個所を選んで登って行った。枯れた草つきの急傾斜のガレ場は、私たちの最後の辛い努力を要求した。ようやくあえぎながら稜線に辿りつくと、ハッキリした踏跡がついていた。それは梶山新湯の方からひらかれた登山道であった。それから頂上まで、急ではあったが、一登りにすぎなかった。

ついに私は長い憧れの雨飾山の頂に立った。しかも天は隈《くま》なく晴れて、秋の午後三時の太陽は、見渡す山々の上に静かな光をおいていた。私はそれらの山々の名前を数えあげて、読者をわずらわすことを差し控えよう。なべての頂に憩いがあった。梢にはそよとの風もなく、小鳥は森に黙した。待て、しばし、・・・・私たちは頂上に置いてある、風化で摩滅《まめつ》した石の祠《ほこら》と数体の小さな地蔵尊の傍らに身を横たえた。古い石仏は越後の方へ向いていた。日本海を越えて、能登半島まで見渡せた。

一休みしてから、私たちはもう一つの耳の上へ行った。案外近く、三〇メートルほどしか離れていなかった。下から眺めてあんなに美しかった、その二つの耳の上に立った喜びで、私の幸福に限りがなかった。

『深田久弥　山の文学全集Ⅲ』より　抜粋

解説

長野県と新潟県との県境にある雨飾山は、上信越高原国立公園に属している、標高一九六三メートルの山です。かつて、山頂に祭壇を飾り、雨乞いの祈願をしていたことから、雨飾山の名前がついたと言われています。

雨飾山は、深田久弥の名著『日本百名山』の一つとして選定された山で、この作品に掲載されてから多くの登山家に知られるようになったといいます。『日本百名山』は、深田久弥の山岳随筆の代表作で、第十六回読売文学賞を受賞した作品です。一つ一つの山の地誌や歴史や文化史とともに山の容姿や特徴が、深田久弥自身の登頂経験を交えながら記されています。日本の百の名峰が各座ごとに四頁、およそ二千字の中に巧みにまとめられた名随筆です。

かつて深田久弥らと共に『文学界』を創刊した仲間でもあった小林秀雄は、読売文学賞の選考で強く『日本百名山』を推し、「著者は、人に人格があるように、山には山格があると言っている。山格について一応自信ある批評的言辞を得るのに、著者は五十年の経験を要した。文章の秀逸は、そこからきている。私に山の美しさを教えたのは著者であった」と推薦理由を書いています。

小林秀雄が「山格」といった百名山の選定基準は、日本各地の山々を踏破した経験をもとに、深田久弥が設けました。『日本百名山』は、「品格・歴史・個性」を兼ね備え、原則として標高千五百メートル以上という基準に基づいて選定されています。

深田久弥は、一九三〇年代に「オロッコの娘」「津軽の野づら」などの作品で小説家として出発します。戦後は小説から離れ、山岳紀行文や随筆を多く発表して山の文学者として再生しました。

一九七一年、茅ヶ岳に登山中、脳卒中のために六十八歳の生涯を閉じました。茅ヶ岳の深田記念公園では、今でも毎年、彼を偲《しの》んで深田祭が行われています。

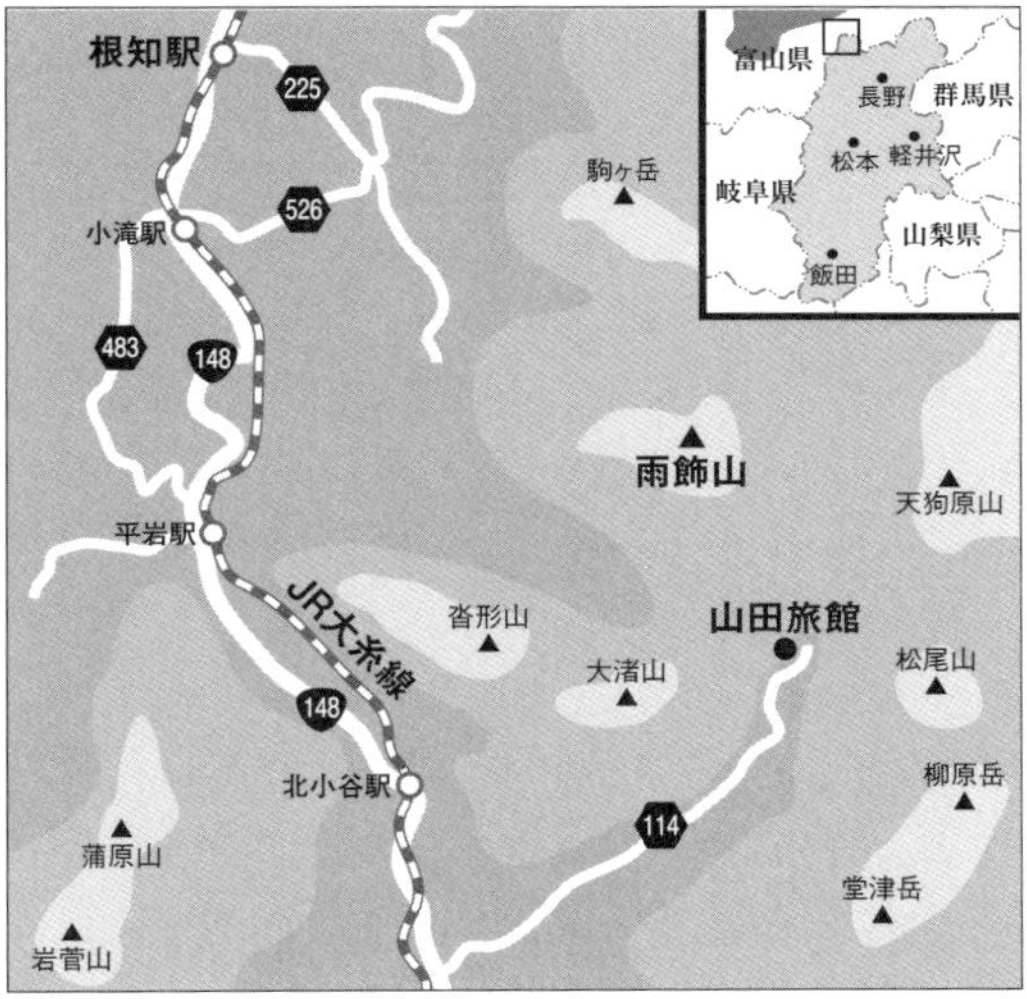

深田久弥

（ふかだ　きゅうや）1903～1971

現在の石川県加賀市生まれの小説家･登山家。東京帝国大学（現在の東京大学）中退。小学生の頃から登山に親しむ。小説のほか、山に関わる文学作品を多く発表し、1964年には日本各地の山から100座を選んだ随筆集である『日本百名山』を発表。同作で読売文学賞を受賞する。ヒマラヤ研究にも尽力した。

『深田久弥　山の文学全集III』
朝日新聞社／1974年

神々の山嶺《いただき》

作・夢枕獏／画・谷口ジロー

『神々の山嶺1』より　抜粋　©夢枕獏・谷口ジロー／集英社

――夕刻になり
深町たちは河岸を変えた
センタービル
満龍
喰べ物ヤ 花子
わたしも現役を
退いてから
もう かれこれ
10年以上にも
なりますかな
でも こうして
昔の話を
するのも
久しぶりですよ
あの頃は
うちの会も
先鋭的だった
からねえ
危《やば》いところへ
いつも行って
ましたよ
それで
その頃の
羽生丈二は?
ええ
ほんとに
要領の悪い
やつでしたよ
あいつは
冬場は烏帽子《えぼし》
奥壁変形
チムニー・ルート
冬の北《きた》穂《ほ》高《だか》滝谷
冬の鹿島《かしま》槍北壁
…そういうところへ
日常的に入って
いました

ハッ
ハッ
ハァ
ハァ
ハァ
おい羽生ーーっ
下の渓《たに》で水汲んできてくれるかーっ
はい
ドサッ
はあ

なんだ おまえ へろへろ じゃないか
ハア
ハア
おい 田代《たしろ》 おまえ 行ってこい
先輩！
大丈夫です おれ行きます
ったく
こんなとこで へばってんじゃ ねえぞ
ほれ
はい
あの頃……
他の新人と くらべても 体力が なかったんですよ あいつ
へえ 信じられ ませんね
ええ
そうで しょうね
休みの時間も 水汲みやら 食事の仕度やらで 休み時間も なかった
だけど あいつ
どこへ連れて 行っても 人よりも 重い荷を担いで 一番働いてましたよ
だから うちの会では 最初にへばって アゴを出すのは いつも あいつ なんです

普通なら
それだけ働けば先輩に可愛がられるんですがね羽生はそうじゃなかった
それは…何故です？
可愛くなかった……
ぐびっ
ま……ひとことで言えばそういうことですかね
たとえば…楽な仕事をまわしてやろうとしても それを拒否するし
疲れている羽生を見て先輩が休ませてやろうとしても
ハア
ハア
ハア
〝平気だ〟と言って歩き続ける泣き言だけは絶対に言わない
でも結局はぶっ倒れて
隊に迷惑かけることが多かった
動きは特に機敏でもなく根性だけはあるが鈍重で無口な男……
住まいの情報館 ミノハ
そんなふうに羽生は周囲から捉えられてましたね

ドドドォーーン
それから3年目の夏でしたか…
わたしは羽生の妙な才能に気がつきましてね

おい羽生
おまえトップをやってみろ
はい
これまでの羽生はトップでこそなかったが
わたしと組んで何度も岩壁の経験を積んでいましたからね
わたしの見たところバランスもよかったし……その岩壁も初めてではなかった
それで あいつにトップをやらせてみようと思ったんです
場所は北穂高の屏風岩《びょうぶいわ》でした

あ……
危ない!!

下から見ていると 思わず声が出そうになってね
あいつ……
すぐ横に安全なルートがあるのに
わざわざ危険なルートを選んで登っていくんです
羽生
おまえなにやってんだ!
はあ?

どうしてあんな登り方するんだ？
はあ……
どうしてあんなコースをとったんだと聞いてるんだ
そ…その方が頂上に近かったもんスから……
バカヤロ！
おまえの岩は危ない！
はあ……
どうしてですか…？
おまえは岩を怖がっていないからだ！
はあ
もっと岩を怖がらなきゃいけないんだ
わかるか羽生
……はあ

あいつは…
まだ19歳でしたし…
TVゲーム
B1
テレアック
危ない危なくないとか
そういう考えで岩壁を見ていなかった
どのコースをたどれば頂《あたま》に一番近いか
羽生の頭にあったのはそういう選択肢だけだったですねえ
……
しかし岩っていうのはあれは…まぁ一種の才能なんですねえ
ええ……
よくわかります
やはり…あの時からじゃなかったでしょうかね
ぐっ

ガガー
岩壁登攀という分野で
ようやく羽生の才能が開花したんです
山に入っても自然にトップをやる回数が多くなりましたしね
それから2年後……
あいつが21歳ぐらいでしたか

もう
その頃では
経験はともかく
技術的には
青風山岳会の
精鋭と比べても
遜色がなくなって
いました
つまり 青風会の
トップクラスと
肩を並べると
いうことは 日本でも
有数のクライマーの
仲間入りをした
ことになる

……速いな
いいバランスだ
ルート選びもストレートだ
……信じられんな
山で荷を担がせたら鈍くさいやつなのに岩となるとまるで違う人間にみえる
あれが……
ほんとに同じ羽生なのか……

岩を登るという分野には…
登攀者の努力だけではどうにもたどりつけない領域があるんです
そういう人間の岩壁登攀は速いだけでなく美しい
流れるようなリズムがあるんですよ
ま…
天才だったんでしょうね羽生は
……
岩を登っていく羽生の動きは……
まるで蝶がね……
こうひらひらと岸壁に沿って登っていくような感じがありましたよ

羽生が入会して4年目から5年目にかけては
ほとんど取り憑かれたように岩壁ばかりを狙ってましたね
ガッ
1年のうち250日も山に入っていたという伝説の時期がその頃でした
谷川岳《たにがわだけ》一ノ倉コップ状岩壁――
日本の登山界でも難所といわれる岩場を次々に登っていった

衝立岩
正面壁――
そこは日本でも
有数の人工登攀
ルートがある
ハッ
ハッ
カーン
それを
羽生は
最初から
最後まで
トップで登った
それから
滝谷や
屏風岩の
難しいルートを
いくつも冬場に
登った

山岳会の
山行には必ず
顔を出しましたね
そして
終われば
そこに居残って
岩にとりつく
ひとつの山行で
山と東京を
往復するより
その方が
安くつく
登山費用は
すべて自前
でしたから
たとえば
ひとりの人間と
一週間
北アルプスの
穂高に入る
一週間後
その人間と涸沢《からさわ》で
別れた後 次の
パートナーが入山
してくるのを待つ
次のパートナーが
来るまで時間が
あれば 荷揚げの
バイトをして稼ぐ
そして また
今度は前回と
違った岩壁をやる

留《とど》まれるだけ山に留まる
それが羽生のやり方だった
あいつの頭の中は山のことだけしかなかった
山を降りても帰るべき家の生活なんてえものは ないも同然だったな
おい 行こう!
え?
なに言ってんだ もうほとんど一本(ルート)登る時間なんてないぞ
それがどうした
どうせ途中で引き返すことになるよ
それなら半日くらいのんびりしようぜ
情けないこと言うなよ
おまえ なんのために山をやっているんだ!?
……

時間がなけりゃ
途中まで登るだけで
いいじゃないか！
……
羽生！
残りは次に
来た時登れば
いいんだ
おまえが
行かなきゃ
おれは登れ
ないんだぞ!!
……
おまえ
行こう！
……
そういう
あからさまな
不満を相手に
ぶつけることも
もあった
山で半日時間が
空くことがあっても
岩にとりつこう
とした
だから
自然に
ぐび
羽生と
パートナーを
組もうという
人間の数は
減っていったよ
……

いつだったか……
羽生の言動に辟易してしまうような出来事がありましてね
あれは青風会の仲間で飲み会をやった
その二次会だったと思う…
アハハハハハ
やめとけやめとけ
まぁだおまえにゃ三ッ滝《みつたき》ルンゼなんか無理だよ
なあ木村《きむら》
おまえだったらどうする？
なにが？
山でさ
ザイルパートナーと壁で宙吊りになったとしたら
しかも冬山だ
自分が上で身体にはパートナーの体重がかかっている
自分の体重だけならなんとか脱出は可能だとする

ところが
ザイルにパートナーの体重がかかっていては身動きがとれない
そのままでは間違いなくふたりとも死ぬ
でもまだ体力のあるうちにザイルを切ってパートナーを落としてしまえば自分の命は助かる
さあどうする?
どうするって……もし相手がおまえだったらザイル切っちゃうかもな
こいつ!
アハハハ
バカいうな
ザイルはおれたちの命綱だぞなかなか切れるもんじゃないよ
下のやつはまだ生きてるんだろ
自分が助かるとわかっていても切れないよ
うん無理だって
仲のいいパートナーならなおさらだぜ
そうだよ切れないよ
あとのこと考えるとたまんないぜ

おれなら切れるよ
刺身 ¥400
オムレツ ¥300
玉子焼 ¥200
おでん ¥300
焼うどん ¥300
メンチカツ
羽生……
しかしなあ
相手は長年パートナーを組んできた友人だぞ
切れるよ

そのままいれば ふたりとも死ぬ ことがわかって いるのなら
おれは 切るさ
おまえが 下の立場 だったら どうするんだ?
いいのか?
切られても 仕方がないと 思ってるよ
オムレツ ¥300
トンカツ
メンチカツ ¥200
おれは切る だから切られても 文句はいわない
……
おでん ¥300
玉子焼 ¥200
メカブ ¥200
そういう時が あったら
切っても かまわない

それは酒のうえでの戯言から始まった会話だったのだがね
あいつ
真顔でそう言ったんだよ
ほう
そんなことがあったんですか……
あれは…あいつの本音だったような気もする
ふぅ
ほんとに…何を考えているのかよく見えない男でしたよあいつは…
…
…

……毒蛇
昏い眼光を放つ双眸と
濃く髭が浮いたあの頬……
あの双眸の奥に
秘められたものは
いったい
なんだったのか
なぜ 羽生は
カトマンドゥにいるのか

――あのマロリーの
カメラを
あの男はどこで!?
深町は羽生の過去を
知ることで胸の中で
燻りつづけている答えの
手がかりを見つけ出そうと
していた
YAK
MONEY
COTTAGE
ARTS
P.O. BOX.3355
SUPPLIERS
羽生丈二――
自分はあの男ともう一度
会うことになるかもしれない
……そう予感した

解説

『神々の山嶺《いただき》』は、夢枕獏の小説を原作として描いた、谷口ジローの山岳漫画作品です。

夢枕獏の原作は一九九四年から『小説すばる』に連載され、一九九七年に集英社から上下二巻本として刊行、後に文庫化されました。

その後、谷口によって『神々の山嶺』が漫画化され、『ビジネスジャンプ』に二〇〇〇年から二〇〇三年まで連載されています。

原作者の夢枕獏は漫画版で「圧倒的な山の量感、登山の細かなディテール、人物の描写――これらを描くことができる描き手は、そう何人もいるわけではない」と述べたうえで、「『神々の山嶺』をぜひ描いていただきたかったのが谷口ジローであった」と記しています。険しく雄大にそびえ立つ山の姿や、登山をめぐっての微細な動作や複雑な心理などを描けることが、原作を漫画版として制作する基準だったようです。

物語は、一九二四年に人類史上初のエベレスト登頂を目指しながら頂上付近で消息を絶った英国登山隊マロリーとアーヴィンの謎から始まります。カメラマンの深町は、英国登山隊のものと思われるカメラをカトマンズの裏街で手に入れます。そのカメラには、英国登山隊がエヴェレストの初登頂に成功したかどうかを解く鍵が秘められていたのでした。カメラの過去を追っていく中で、深町は羽生と出会い、羽生という男にも興味をもつようになります。

羽生は、自らが死なせてしまった山登りのパートナーへの罪の意識に苦しみながらも、前人未到のエヴェレスト南西壁の冬期無酸素単独登頂を目指すクライマーです。物語のクライマックスで描かれるこの登攀《とうはん》の様子と羽生という男の生きざまは圧巻というほかありません。

『神々の山嶺』は、カメラマンの深町とクライマーの羽生を軸に、ヒマラヤの登攀史や氷壁でのビバーク、クライミングの魅力や高度な技術などを丁寧に描きながら、人はなぜ山に登るのかという永遠のテーマにも迫った作品です。作中では、羽生がなぜ山にのめりこんでいったか、その理由に迫りながら、丹沢、谷川岳、穂高岳といった日本の山々の美しい景色や険しい岩壁が描写されています。

クライマーの羽生は、『狼は帰らず アルピニスト・森田勝の生と死』（山と渓谷社）の森田勝という実在の登山家がモデルで、「羽生」という名前は将棋界の羽生善治からとったともいわれています。

夢枕 獏／谷口ジロー

（ゆめまくらばく）1951～／（たにぐち　じろー）1947～

夢枕獏は神奈川県小田原市生まれの作家。谷口ジローは鳥取県鳥取市生まれの漫画家。1998年に柴田錬三郎賞を受賞した夢枕獏の作品『神々の山嶺』を、2000年に谷口ジローが漫画化し、連載。2001年には、漫画版『神々の山嶺』は第5回文化庁メディア芸術祭マンガ部門の優秀賞を受賞した。

『神々の山嶺 1』
集英社文庫／2006年

夢枕獏（写真上）
谷口ジロー（写真下）

花と草木

辛夷の花

堀辰雄

「春の奈良へいって、馬酔木《あしび》の花ざかりを見ようとおもって、途中、木曾路《きそじ》をまわってきたら、おもいがけず吹雪に遭いました。……」

僕は木曾の宿屋で貰《もら》った絵はがきにそんなことを書きながら、汽車の窓から猛烈に雪のふっている木曾の谷々へたえず目をやっていた。

春のなかばだというのに、これはまたひどい荒れようだ。その寒いったらない。おまけに、車内には僕たちの外《ほか》には、一しょに木曾からのりこんだ、どこか湯治《とうじ》にでも出かけるところらしい、商人風の夫婦づれと、もうひとり厚ぼったい冬外套《がいとう》をきた男の客がいるっきり。——でも、上松《あげまつ》を過ぎる頃から、急に雪のいきおいが衰えだし、どうかするとぱあっと薄日のようなものが車内にもさしこんでくるようになった。どうせ、こんなばかばかしい寒さは此処《ここ》いらだけと我慢していたが、みんな、その日ざしを慕うように、向うがわの座席に変わった。妻もとうとう読みさしの本だけもってそちら側に移っていった。僕だけ、まだときどき思い出したように雪が紛々と散っている木曾の谷や川へたえず目をやりながら、こちらの窓ぎわに強情にがんばっていた。……

どうも、こんどの旅は最初から天候の具合が奇妙だ。悪いといってしまえばそれまでだが、いいとおもえば本当に具合よくいっている。第一、きのう東京を立ってきたときからして、かなり強い吹きぶりだった。だが、朝のうちにこれほど強く降ってしまえば、ゆうがた木曾に着くまでにはとおもっていると、午《ひる》すこしまえから急に小ぶりになって、まだ雪のある甲斐《かい》の山々がそんな雨の中から見えだしたときは、何《な》んともいえずすがすがしかった。そうして信濃境《しなのざかい》にさしかかる頃には、おあつらえむきに雨もすっかり上がり、富士見あたりの一帯の枯原《かれはら》も、雨後のせいか、何かいきいきと蘇《よみがえ》ったような色さえ帯びて車窓を過ぎた。そのうちにこんどは、彼方《かなた》に、木曾のまっしろな山々がくっきりと見え出してきた。……

その晩、その木曾福島《きそふくしま》の宿に泊って、明けがた目をさまして見ると、おもいがけない吹雪だった。

「とんだものがふり出しました……」宿の女中が火を運んできながら、気の毒そうにいうのだった。「このごろ、どうも癖になってしまって困ります。」

だが、雪はいっこう苦にならない。で、けさもけさで、そんな雪の中を衝《つ》いて、僕たちは宿を立ってきたのである。……

いま、僕たちの乗った汽車の走っている、この木曾の谷の向うには、すっかり春めいた、明かるい空がひろがっているか、それとも、うっとうしいような雨空か、僕はときどきそれが気になりでもするように、窓に顔をくっつけるようにしながら、谷の上方を見あげてみたが、山々にさえぎられた狭い空じゅう、どこからともなく飛んできてはさかんに舞い狂っている無数の雪のほかにはなんにも見えない。そんな雪の狂舞のなかを、さっきからときおり出しぬけにぱあっと薄日がさして来だしているのである。それだけでは、いかにもたよりなげな日ざしの具合だが、ことによるとこの雪国のそとに出たら、うららかな春の空がそこに待ちかまえていそうなあんばいにも見える。……

僕のすぐ隣りの席にいるのは、このへんのものらしい中年の夫婦づれで、問屋の主人かなんぞらしい男が何か小声でいうと、首に白いものを巻いた病身らしい女もおなじ位の小声で相槌《あいづち》を打っている。べつに僕たちに気がねをしてそんな話し方をしているような様子でもない。それはちっともこちらの気にならない。ただ、どうも気になるのは、一番向うの席にいろんな恰好をしながら寝そべっていた冬外套の男が、ときどきおもい出したように起き上っては、床のうえでひとしきり足を踏み鳴らす癖のあることだった。それがはじまると、その隣りの席で向うむきになって自分の外套で脚をつつみながら本をよんでいた妻が僕のほうをふり向いては、ちょっと顔をしかめて見せた。

そんなふうで、三つ四つ小さな駅を過ぎる間、僕はあいかわらず一人だけ、木曾川に沿った窓ぎわを離れずにいたが、そのうちだんだんそんな雪もあるかないか位にしかちらつかなくなり出してきたのを、なんだか残《のこ》り惜しそうに見やっていた。もう木曾路ともお別れだ。気まぐれな雪よ、旅びとの去ったあとも、もうすこし木曾の山々にふっておれ。もうすこしの間でいい、旅びとがおまえの雪のふっている姿をどこか平原の一角から振りかえってしみじみと見入ることができるまで。――

そんな考えに自分がうつけたようになっているときだった。ひょいとしたはずみで、僕は隣りの夫婦づれの低い話声を耳に挿《は》さんだ。

「いま、向《むこ》うの山に白い花がさいていたぞ。なんの花けえ?」

「あれは辛夷《こぶし》の花だで。」

僕はそれを聞くと、いそいで振りかえって、身体をのり出すようにしながら、そちらがわの山の端にその辛夷の白い花らしいものを見つけようとした。いまその夫婦たちの見た、それとおなじものでなくとも、そこいらの山には他にも辛夷の花さいた木が見られはすまいかとおもったのである。だが、それまで一人でぼんやりと自分の窓にもたれていた僕が急にそんな風にきょときょととそこいらを見まわし出したので、隣りの夫婦のほうでも何事かといったような顔つきで僕のほうを見はじめた。僕はどうもてれくさくなって、それをしおに、ちょうど僕とは筋向いになった座席であいかわらず熱心に本を読みつづけている妻のほうへ立ってゆきながら、「せっかく旅に出てきたのに本ばかり読んでいる奴もないもんだ。たまには山の景色でも見ろよ。……」そう言いながら、向いあいに腰かけて、そちらがわの窓のそとへじっと目をそそぎ出した。

「だって、わたしなぞは、旅先きででもなければ本もゆっくり読めないんですもの。」妻はいかにも不満そうな顔をして僕のほうを見た。

「ふん、そうかな」ほんとうを云《い》うと、僕はそんなことには何も苦情をいうつもりはなかった。ただほんのちょっとだけでもいい、そういう妻の注意を窓のそとに向けさせて、自分と一しょになって、そこいらの山の端《は》にまっしろな花を簇《むら》がらせている辛夷の木を一二本見つけて、旅のあわれを味《あじわ》ってみたかったのである。

そこで、僕はそういう妻の返事には一向とりあわずに、ただ、すこし声を低くして言った。

「むこうの山に辛夷の花がさいているとさ。ちょっと見たいものだね。」

「あら、あれをごらんにならなかったの。」妻はいかにもうれしくってしょうがないように僕の顔を見つめた。

「あんなにいくつも咲いていたのに。……」

「嘘をいえ。」こんどは僕がいかにも不平そうな顔をした。

「わたしなんぞは、いくら本を読んでいたって、いま、どんな景色で、どんな花がさいているかぐらいはちゃんと知っていてよ。……」

「何、まぐれあたりに見えたのさ。僕はずっと木曾川の方ばかり見ていたんだもの。川の方には……」

「ほら、あそこに一本。」妻が急に僕をさえぎって山のほうを指した。

「どこに？」僕はしかし其処には、そう言われてみて、やっと何か白っぽいものを、ちらりと認めたような気がしただけだった。

「いまのが辛夷の花かなあ？」僕はうつけたように答えた。

「しょうのない方ねえ。」妻はなんだかすっかり得意そうだった。「いいわ。また、すぐ見つけてあげるわ。」

が、もうその花さいた木々はなかなか見あたらないらしかった。僕たちがそうやって窓に顔を一しょにくっつけて眺めていると、目《ま》なかいの、まだ枯れ枯れとした、春あさい山を背景にして、まだ、どこからともなく雪のとばっちりのようなものがちらちらと舞っているのが見えていた。

僕はもう観念して、しばらくじっと目をあわせていた。とうとうこの目で見られなかった、雪国の春にまっさきに咲くというその辛夷の花が、いま、どこぞの山の端にくっきりと立っている姿を、ただ、心のうちに浮べてみていた。そのまっしろい花からは、いましがたの雪が解けながら、その花の雫《しずく》のようにぽたぽたと落ちているにちがいなかった。……

『堀辰雄全集　第三巻』より

解説

春のなかば、堀辰雄と妻・多恵は東京から木曽福島を経由して、馬酔木の花が盛りの奈良へと向かう旅に出ました。しかし、途中で一泊した木曽福島はひどい吹雪です。「この雪国のそとに出たら、うららかな春の空がそこに待ちかまえていそうなあんばいにも見える」のでした。冬から春へと移り変わる季節に、冬の世界を象徴するような木曽福島の山々と、春の空気に包まれた地域との対比を、堀辰雄はエッセイ「辛夷の花」に描きました。

車窓からだんだんと少なくなっていく雪を眺めつつ、名残惜しい気持ちに包まれている時、ふと地元の夫婦の会話が堀の耳に入り、辛夷の花が咲いていることを知らされます。雪に気を取られて、まったく気がついていなかった白い花の存在。ところが同行の妻は、その花が咲いていることに気づいていたのでした。

辛夷はモクレン科の、高さ二十メートルにもなる大木です。早春、他の木に先駆けて大きな白い花を開花させるため、春の到来の印として歓待されます。辛夷の花を目安にして農作業を始める地域も多くあり、別名「田打ち桜」とも呼ばれます。雪国に暮らす人々にとって辛夷とは、真っ先に気づくべき大切な春のサインなのです。雪山を眺めながら辛夷の花を見てとれない堀の姿が都会人の象徴のように描かれ、雪の中に咲く白い花に気づいていた妻と鮮やかに対比されます。

一九〇四年、東京に生まれた堀は十九歳の時に初めて軽井沢を訪れました。都会生まれの作家は軽井沢の自然に心を掴《つか》まれ、毎年のように訪れるようになり、『美しい村』『風立ちぬ』などの作品を発表します。一九四四年からは追分《おいわけ》に定住し、亡くなるまで軽井沢で暮らしました。代表作『風立ちぬ』では、信州での自身の結核療養経験を下地にして若い男女の純愛と死による別れを描き、共感を集めました。昨今も、スタジオジブリ作品のタイトルとして『風立ちぬ』が使われたことで、幅広い世代の注目を集めているようです。

堀の死後、妻の多恵さんの尽力により、軽井沢に「堀辰雄文学記念館」が開館しました。記念館には、原稿、書簡、蔵書、初版本などが保管・展示され、執筆の背景などを知ることができます。

堀辰雄

（ほり　たつお）1904〜1953

現在の東京都千代田区生まれの小説家。東京帝国大学（現在の東京大学）卒業。1929年、『不器用な天使』で文壇に登場。その後『聖家族』を書き上げると喀血し、一時期は信州の療養所に入る。『美しい村』『風立ちぬ』など、軽井沢を舞台に、愛と死をテーマにした作品を発表した。晩年は追分に定住した。

『堀辰雄全集　第三巻』
筑摩書房／1977年

落葉松

北原白秋

一

からまつの林を過ぎて、
からまつをしみじみと見き。
からまつはさびしかりけり。
たびゆくはさびしかりけり。

二

からまつの林を出でて、
からまつの林に入りぬ。
からまつの林に入りて、
また細く道はつづけり。

三

からまつの林の奥も
わが通る道はありけり。
霧雨《きりさめ》のかかる道なり。
山風のかよふ道なり。

四

からまつの林の道は
われのみか、ひともかよひぬ。
ほそぼそと通ふ道なり。
さびさびといそぐ道なり。

五

からまつの林を過ぎて、
ゆゑしらず歩みひそめつ。
からまつはさびしかりけり、
からまつとささやきにけり。

六

からまつの林を出でて、
浅間嶺《あさまね》にけぶり立つ見つ。
浅間嶺にけぶり立つ見つ。
からまつのまたそのうへに。

七

からまつの林の雨は
さびしけどいよよしづけし。
かんこ鳥鳴けるのみなる。
からまつの濡るるのみなる。

八

世の中よ、あはれなりけり。
常なけどうれしかりけり。
山川に山がはの音、
からまつにからまつのかぜ。

『白秋全集４』より

解説

北原白秋は一八八五年に福岡県に生まれ、自然豊かな環境の中で育ち、中学生の頃から詩歌や散文を作り始めました。一九〇八年、木下杢太郎《もくたろう》、石井柏亭《はくてい》、森田恒友《つねとも》らと耽美《たんび》派文学の拠点「パンの会」を起こし、一九〇九年には処女詩集『邪宗門』を発表しました。当時の作風は世紀末的な退廃趣味に溢《あふ》れたものでしたが、後に恋愛事件や生家の破産などの試練に遭遇すると白秋の心境も変化を見せ、やがて自然の美と静かな環境を慕うようになっていきました。「落葉松《からまつ》」という詩は、その象徴的な作品です。

一九二一年、内村鑑三《かんぞう》、島崎藤村らによって自由教育夏期講習会が開かれ、白秋もその講師として軽井沢の星野温泉を訪れました。朝な夕なに軽井沢の森林を散策していた白秋は、独特な風景の中に魅力を発見し、この「落葉松」を書いたのでした。

白秋は「落葉松」について自ら、「その風はそのささやきは、また我が心の心のささやきなるを、読者よ、これらは声に出して歌ふべききはのものにあらず、ただ韻《ひびき》を韻とし、匂を匂とせよ」と記しています。淡々とした繰り返しのリズムの中に、深い静けさが感じられます。

中軽井沢の林の中には、「落葉松」の第一節から第八節までのすべてが刻まれている詩碑が建っています。

カラマツは日本の針葉樹のうち唯一の落葉樹で、別名「落葉松《らくようしょう》」といいます。軽井沢といえば、多くの人がそのカラマツ林の風景を思い浮かべますが、実は、大半が自生していた天然カラマツではありません。軽井沢のカラマツ林は、明治時代の大規模な開拓と植林によって、いわば人の手で「創り出された風景」だったのです。

明治時代初期、旧小諸《こもろ》藩家老の鳥居善処《とりいよしずみ》は国有地約一〇〇ヘクタールを手に入れ、さらに民有地約二一二ヘクタールを買収して、荒野だった軽井沢の開拓に着手しました。その後鳥居から事業を引き継いだ実業家の雨宮敬次郎が、約七〇〇万本のカラマツを植林して森林経営に乗り出し、一帯は国内有数の森林地域となったのでした。

一方、避暑地としての軽井沢は、カナダ人宣教師アレキサンダー・クロフト・ショーが、一八八八年に旧軽井沢に別荘を建てたことから始まります。次第に外国人が集う避暑地となり、やがて華やかなリゾート地として人気を集めるようになりました。

北原白秋

(きたはら　はくしゅう) 1885〜1942

現在の福岡県柳川市生まれの詩人。早稲田大学中退。中学時代から詩歌や散文を作り始める。1906年与謝野鉄幹を中心に創設された新詩社に入り、雑誌『明星』で詩や短歌を発表する。執筆の他、「パンの会」の結成、詩誌『日光』の創刊などに尽力する。晩年は眼疾により、ほとんどの視力を失っていた。

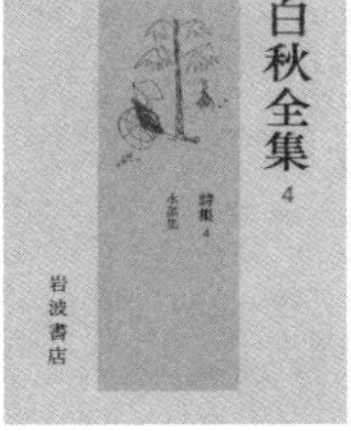

『白秋全集 4』
岩波書店／1985年

高原

川端康成

細川侯爵《こうしゃく》の別荘は、ゴルフ場の少し手前を、右へ入ったところにあった。大きいつつじの株が生垣になっていた。門らしいものはないので、須田《すだ》達は幾分ためらいながらも入って行った。その真直《まっす》ぐに広い道の両側は、みごとな樅《もみ》の並木だった。高い樅の梢で切り取られたような空は、行手が狭まって見えた。樅の並木の裏は、落葉松《からまつ》の林だった。落葉松は明らかに植林したもので、基盤の目のように整然と生え揃っていた。道の突きあたりが小高くて、別荘の玄関だが、この広い屋敷には、家があるとも見えないほどのささやかな建物だった。樅の並木が尽きるところから、左へ道が通じていて、ここにまたみごとないちいの並木があった。そのいちいはみんな思う存分に枝をひろげていた。いちいの並木の左側が落葉松の林で、右側は別荘の庭の芝生だった。

樅も、落葉松も、いちいも、百年を超えたというほどの大樹ではないが、若木ではなく、数十年という樹齢で揃っているのが、この庭の美しさであった。しかも、特にいじけたり、特にはびこったりしている木が一本もなく、すべて平等に自由に、同じ生育を見せているのだった。均斉を取って植えられた時の秩序を、今も保っているが、庭木らしい手入れが少しもしてないので、自然の林に見えた。樹木自身にとって、理想の林であり、並木であろう。老木のひねくれや衰えもまだなかった。掃除がゆきとどいて、草やごみはなく、木々の幹の根もとが、ずうっと見通せるのだった。いちいの根が薄く苔づいているのと、落葉松の葉がもうほのかに落ちはじめているのと、それだけだった。このように裾の方から枝をひろげたいちいが並んでいることは、滅多にあるまい。

いちいの女性的にやさしい姿と、樅が男性的に強く天を指しているのと、その中間に、落葉松が細身を素直に伸ばしているのと、工夫した配合ではないかもしれないが、対照も感じられた。そのあたりに、ほかの木がまじっていないのもよかった。

別荘はとざされていて、木々から静けさというものの音が聞えるようであった。

「いいわね。」

と、二三度言っただけで、洋子もたたずんでいたが、

「行きましょうよ。なにかに見られているようで、いやだわ。」

実は須田も落ちつかなかった。庭らしくは造ってないので、木々に見とれているうちに、これが個人の庭だということを、うっかり忘れかかっていたものの、やはり無断で踏みこんでいる気おくれはあったにちがいないが、須田はなにかしら憂鬱になった。

「こんな屋敷に、小さい家を建てとくのもいいですね。大した贅沢だな。」

「そうね？」

と、洋子はあまり興味もなさそうだった。

「縁がなさ過ぎるわね。」

須田は苦笑して、

「そうきめてしまうこともないでしょう。分譲でもしたら、買いましょうよ。しかし、あの庭は広いところがいいんで、分割したらだめですね。」

「お姉さまが見てらっしゃいと仰《おっ》しゃったの、分りましてよ。」

と、洋子は急に思いついたように言った。

「こういう別荘を持っている人もあるってことを、見ておきなさいっていうのよ。」

「そう。そうかもしれませんね。姉のことだから、それくらいのとこでしょう。」

「それくらいのところって……？」

「姉は羨望して、それで崇拝してるんですよ、単純にね。」

「そうでしょうか。」

「洋子さんはどう思うんです。」

「あの別荘を見て……？　別になんともないわ。」

「しかし、ああいう別荘を持っている人もあるってことを、僕はしばらく忘れてたような気がしますね。」

洋子は須田を振り向いたが、なんとも言わなかった。

前田家の別荘へも、裏のお水端《みずばた》の方からでなく、表門から入って行った。

ここにも庭の目隠しのような工合に、樅があった。軽井沢では、樅が多い。よく生垣に用いられている。松はほとんど見られず、杉や栂《つが》も少《すく》ない。前田家の入口の樅は、細川家の木よりはよほど古木だが、不揃いだった。その樅の枝の下をくぐり抜けると、広い芝生の庭だった。右手の木造の洋館は、すべてが山小屋風の軽井沢では、驚くほど立派な邸宅だった。

「まあ、明るい。ここの方がいいわ。豪奢《ごうしゃ》ですわ。」

と、洋子は言った。

なにもない芝生の庭が、たしかに華麗であった。お水端の向うの山が、屋敷うちのように眺められる。そして、広い芝生のはずれの正面には、樅の大樹が二三本、聳《そび》え立っていた。あたりを払うような威容で、おごそかに落ちついていた。須田は樅の大樹ばかり眺めていて、その向うの雑木などは眼につかなかった。このような大樹を、さえぎるものもなく、このように離れて見られるのが、この庭の豪奢なわけだと思った。

俄《にわ》かに夕立雲が離山の方から来て、樅の梢を暗くした。きれいな芝生も蔭《かげ》になった。

「樅の木はいいですね。実にいい。」

と、須田は幾度も言った。

「樅の木がお好きですの？」

「この庭にあると、さすがに百万石という気がするじゃありませんか。」

「場所がいいんですわ。」

と、洋子は芝生の片隅に坐《すわ》ってみたが、

「樅の木がお好きでしたら、私のテニスのお友達の家にも、いい樅がありましてよ。多分お嬢さん一人だと思いますから、見に行きましょうか。お嬢さんは混血ですけれど。」

混血と聞いて、須田は行ってみる気になったから、妙なことである。

侯爵家を出ると、カトリックの教会の前を通り、日本の寺の庭を抜けて、本通を横切った。

「いつだったか、戦争は信者を殖《ふや》すのに、いい機会だと言ってたでしょう。」

「ええ。そういう話なんですのよ。」

「しかし、今度の日華事変ではだめだな。事変を境にして、基督教は日本では衰えるんじゃないかと思いますね。」

「そうかしら……。これから行くお友達なんか、熱心な信者なんですのよ。この間、二世ばかりの音楽会を、いっしょに聞きに行った時も、その方が傍《かたわら》で真剣にお祈りなさるんで、困ってしまいましたわ。でも、外国語の祈禱《きとう》って、いいものね。」

「英語ですか。」

「フランス語よ。その方のお母さまがフランス人ですから。もうお亡くなりになってるのよ。

お父さまが絹商人で、向うへ行ってらっしゃる時に、結婚なすったのね。お母さまがいらっしゃらなくなってから、お父さまは年のせいで、だんだん日本風になって来るのに、お嬢さんの方は全然西洋式で、お母さまのことを思い出すと、さびしくないでしょうか。」

「だんだん日本風になるお父さんの傍にいて、フランス人のお母さんを思い出すとね？」

「ええ。二世の歌を聞いても、発声が日本人とはちがいますわね。眼をつぶって聞いていると、アメリカのトーキーのようよ。」

その混血児の別荘は、北幸の谷にあった。

夕立が須田達を追って来た。雷鳴も急に近くに聞え出した。

空が明るいまま降る、大粒の雨に叩かれると、須田は不意に洋子の手をひっぱって走った。

北幸の谷の路を真直ぐに見おろす、小山の裾のその家は、二本の樅の大樹の下だけ、雨に濡れていなかった。須田は樅の木蔭で待っていた。三抱えもあろうと思われる幹は、雨のなかに、なにかしんと匂うようであった。

洋子は直ぐベランダに通された。洋子と肩を並べて、混血の令嬢がベランダから、須田の方に軽く頭をさげた。

須田ははっとして、足がすくむようだった。激しい雨を通して、令嬢は光りかがやくように見えた。須田が動かないので、令嬢はそこにあった蝙蝠傘《こうもりがさ》をひろげた。須田はベランダに駈け込んだ。稲妻であたりが白い紫色に明るくなった。

「あんな木の下にいらして、雷が落ちますわよ。」

と言いながら、洋子は須田の素振《そぶり》に眼をとめて、それから令嬢をぬすみ見た。そんなに美しいかしらと、驚いている風であった。

そんな洋子が、須田は急にみすぼらしく見えた。庭を見廻して、

「ほんとうに雷が危いですね。この樅に落ちそうだな。」

と言った。

家からは三四間離れているが、樅の枝はベランダの屋根の上にもひろがっているし、二階の窓にもとどいていた。

「雷の時は、父もこわがりますの。」

と、令嬢は言った。

「私と顔を見合せて、じっとしておりますのよ。雷が鳴りますと、父は私の傍へ寄ってまい

りますの。もし落ちたら、いっしょに死んだ方がいいか、いっしょに死ぬのはつまらないか、父はどっちがいいかと言うんですけれど、いつも傍へまいりますのよ。」

落雷の危険を感じながら、このような令嬢に寄り添って、眼を見合せていたら、死ぬほど幸福であろうと、須田は奇怪な思いにとらえられていた。

「でも、この木には、もう何百年も雷が落ちなかったんですから、決して落ちないと、私は信じておりますのよ。」

と、令嬢ははっきり言った。

「お父さんは、樅がよほどお好きなんですね。」

「ええ。二階へ上りますと、樅の枝の間に、ちょうど浅間山が見えますの。夜なかに噴火して、空の赤くなった時なんか、きれいですわ。樅は古くなってもみずみずしいからいいと言ってますわ。」

明らかに樅を愛して造られた庭にちがいなかった。一対の樅の大樹のほかには、一本の木もないのである。家から樅のところまで、こころもち土地がさがって、樅の幹や根本を見るようになっている。樅の木蔭には、われもこうだとか、野菊だとか、秋のきりんそうだとか、派手でないささやかな秋草を、ちらほら咲かせてある。庭のまわりの生垣代りには、朴《ほお》や楓《かえで》や柏《かしわ》など、葉の大きい木ばかり選んで、樅の針葉を引き立てている。

このように豊かに枝をひろげた樅の大樹を、須田は見たことがない。枯枝を払い、また枝を少し間引いてあるのだろう。大枝がたくましく太って伸び、それから分れ分れた小枝の葉が、雨に濡れて、かすかに動いていた。闊達《かったつ》で、豊潤《ほうじゅん》で、荘厳《そうごん》な樅の特色は、この二本の大樹に極まっているようであった。杉ほど高くはならないが、枝は広く、老衰を見せず、濃い青がしたたるような葉で、枝から葉までが、シンメトリカルに均斉の美があるのは、樅だけだろう。あたりはたいてい雑木である。やがて山が紅葉したなかに、この庭の樅だけは青々と立っているだろう。木々がみな落葉し、山が雪になった時も、樅だけは黒々と葉をつけて立っているだろう。春の若葉のなかにも、樅は高くぬきんでて、変らぬ色に立っているだろう。

そう思うと、須田は崇高なものを感じた。

令嬢も神聖な美しさであった。髪がとうもろこしの毛の枯れたように汚く、そのほかにはあまり混血児らしいところはないが、瞼《まぶた》の切れの鋭い眼、少し高い鼻、ういういしい歯、そうして日本風な肌の色の頬に、なんとも言いようなく地上離れした光があった。日本の娘は、このようにはっきり処女とは見えぬものである。

樅の木の精霊が、この娘に宿ったのかと、須田は思った。堅い信仰の美しさかとも思った。

令嬢は雨の晴れてゆく庭の樅を見ながら、

「でも、樅の木は遺骨の箱になるんだって聞きましたわ。上海から帰ってらっしゃる遺骨の箱は、みんな樅の木ですって……。棺《ひつぎ》にもつかいますのよ。材木としてはよくありませんけれど、木肌が白くてきれいですから。」

と言った。

雨の止み切らぬうちに、日雀《ひがら》の群が樅の梢へ渡って来て、澄んだ声で鳴き出した。

「夕方、ライシャワーさんの慰霊祭がありますけれど、いっしょにいらっしゃいません？」

と令嬢は洋子を誘った。

上海で爆死した、若い東洋学者を、軽井沢にいる三十六ヵ国の人が集まって弔《とむら》うということは、須田も前から聞いていた。

「行ってみましょう。」

と言って、須田は立ち上った。

洋子は家のなかを見て、

「おひとりで、さびしくないの？」

「ええ、なれてるわ。父はいそがしくて、あまり来られませんのよ。」

「お母さまのお国へいらっしゃりたくありませんか。」

と、須田もたずねてみた。

父の絹商人はフランス女と結婚して、多分不自由な悲喜劇の生活を送ったであろうが、その二人の間に、混血でなければ見られぬ、このように美しい娘を生れさせたのは、なんの意志であろうかと、須田は考えていた。

洋子を自分と時代のちがう、手のとどきかねる令嬢のように思っていたのなど、滑稽なことだった。混血の令嬢と並べて見て、洋子があわれになったのも、面白いことだった。

この家を出て行こうとすると、樅の枝の間に早い夕焼が見えた。

教会で三十六ヵ国の人々にまじって、この混血の令嬢の傍で、須田はなにを神に祈るのだろう。日焼けした令嬢の肌は、須田をなにか遠くへ誘うのであった。

『高原』より　抜粋

解説

『高原』は、日中戦争が激しくなっていく一九三七年から一九三九年にかけて、軽井沢を舞台に執筆された短編小説です。軽井沢を歩くと自然に目に飛び込んでくる多種多様な木々の特徴を、川端は細かく観察しています。「杉ほど高くはならないが、枝は広く、老衰を見せず、濃い青がしたたるような葉で、枝から葉までが、シンメトリカルに均斉の美があるのは、樅だけだろう」といった記述がたびたび登場し、樹形、葉の茂り方、枝振り、樹齢などの「違い」を発見していく喜びが、行間から伝わってくるようです。

川端康成は、一九三七年に軽井沢集会堂で行った「信濃の話」という講演で、「一枚の木の葉にでも、一匹の蝶にでも、自分の心を見つけることが出来たら、それが文学であります。軽井沢なんか実に文学だらけで、人間到るところ文学ならざるはなしであります」と語っています。室生犀星や堀辰雄らと軽井沢を散策しながら庭木について話を交わしたことにも触れ、また「木の名前を覚えるのが文学なのじゃない。名前を覚えます時の眼の動きが文学なんであります」とも語っています。軽井沢の自然と自らの文学への思いを重ねて語るこうした言葉の中に、『高原』という短編小説に込めた川端文学のエッセンスが現れているといえるでしょう。

一九三一年、川端は、菊池寛らと一緒に初めて軽井沢を訪れました。一九三七年には、桜の沢にあった外国人宣教師の別荘を購入します。その後別荘を新築し、気候の良い夏から秋の時期になるとしばしば滞在し、自然溢れる軽井沢の風景を楽しみました。

川端は『雪国』『山の音』『古都』『伊豆の踊子』など多彩な作品を発表して新感覚派の作家と呼ばれ、日本人で初めてノーベル文学賞を受賞しました。軽井沢を舞台にした作品は、『高原』の他にも『牧歌』『秋風高原』などがあります。

『高原』に登場する細川邸は、今は滅失して残っていません。当時の景観は一部を除くと保存されており、樹木の配合や形態も、植えられた当時の秩序を保っているとのことです。

川端康成

(かわばた　やすなり) 1899〜1972

大阪府大阪市生まれの小説家。東京帝国大学(現在の東京大学)卒業。横光利一と共に新感覚派の代表的存在として『伊豆の踊子』や『雪国』を発表。1968年には日本人として初のノーベル文学賞を受賞する。幼くして父母や姉、祖父母を亡くし孤児となった経験が、川端文学に大きな影響を与えている。

『高原』
中公文庫／1982年

運命の書

椋鳩十

南アルプスの、たいそう奥まった山里に、私は少年の日を過した。

あれからもう、五十何年かたっているのに、この前、生まれた里に、何十年ぶりかで帰ってみたが、幼い頃にみた、白壁の土蔵のあった家も、町通りの呉服屋さんも、お医者さんとこの松の木も、垣根にムクゲの花が咲いていて学校のいききに、美しいなあと眺めた農家も、あまりかわらぬ姿で残っていた。

町通りの店屋さんも、裏通りの細い露地《ろじ》も、少年の頃の思い出が、鮮かな色彩で残っているのであった。

そして、また、五十年前と同じように、郷里の里は、昔どおりで、町という名前もつかず、村のままであった。

この奥まった山里は、時の流れが、世間さまとちがって、おそろしく、ゆっくりして、のろり、のろりと、流れているのであった。

ものうい里、静かな里だ。

こういう里であったので、外部から受ける刺戟《しげき》は、きわめて稀薄《きはく》であったようだ。少年や青年の日の、今も心に残っている感動といえば、外部のできごとから受けたものではない。

昔の、しかも、片田舎《かたいなか》のことであるから、本などは、そうたくさん読んだはずがないのだが、どういうわけか、本から受けた感動だけが、心に浮かんでくる。体温計の水銀のように、その感動は、いまでも、くっきりと、思いだされるのである。

もの心ついてから、最初に、大きな感動を覚えたのは、野上弥生子《やえこ》訳、ヨハンナ・スピリの「ハイジ」であった。

この本は、裏の赤松の林に、仰《あお》むけに、ひっくりかえって読んだ。アルム爺さんと、ハイジとが、スイスのアルプスの夕焼けを眺めている美しい場面の描写があった。そこまで読んで、私は、ふと頭を上げた。すると、夕陽をうけて、雪をかぶった日本アルプスの峰々《みねみね》が、真ッ赤に燃えて、私の目の中に飛びこんできた。気がつくと、空一杯に燃えた夕焼けの赤さは、松林の中にまで流れこんできて、私の、手や足まで、赤く染めているのであった。

アルム爺さんとハイジが、山の岩に腰かけ、二人とも夕焼けの中に燃えながら、スイスのアルプスを眺めている描写と、現実の私自身とが、まったく同じように思われた。私は、作中の人物になってしまったような気がした。私は、しびれるような感動を覚えた。そして、夕焼けも、松林も、日本アルプスの、はるかに連なる山のひだも、昨日のものとは、がらりと変ってしまった。

自然は、優しく、美しく、胸がドキドキするほど新鮮に、自然のロマンを、私の心に、じかに、ささやくのであった。

中学校を卒業するまで、この赤松の林は、私の楽しい書斎となったのであった。

その次に大きな感動を受けたのは、中学校の一年生の時であった。

南アルプス山麓の、大鹿町鹿塩《かしお》の湯治場《とうじば》に、夏休みを利用して、父のお伴でいった。当時、私の所からは、二十キロ以上も、山坂を越えて歩いていくといった不便な所であった。

鹿塩の里は、手のひらに乗るほどの、ほんに、僅《わず》かな人家が、こちょこちょと、並んでいるような、わびしい里であった。

客商売の店といったら、その里には、床屋が一軒、雑貨屋というより「よろず屋」といったほうがよかろうか、チリ紙から、ノートから、魚まで扱うといった店が二軒といった、ほんとに、山深い里であった。

湯治場の宿には、私たち親子のほかには、土工《どこう》らしい、黒々と陽やけした泊り客が一人いるだけであった。

窓を開けば、もう手のとどきそうな所から、高い山がそびえていて、眺める景色もない。そうかといって、散歩するところもない。退屈をまぎらすものといったら、風呂にはいるか、本を読むしかなかったのである。

私は、ツルゲーネフの「猟人日記」を、学校の図書館から借りて持っていた。田舎の中学生である私は、ツルゲーネフが、どんな人であるか、「猟人日記」が、どんな内容のものであるかも知らなかった。「猟人日記」というからには、山や動物に関する冒険談であるくらいに考えていたのだ。

読んでみて、あてがはずれた。

胸をドキつかせるような筋は、ほとんどなく、ロシアの貧しい農民たちの生活が、ロシア独特の自然を背景として、物語られているのであった。

私にとっては、退屈な本であったが、それ以上に、わびしい湯治場で、ごろごろしている方が、もっと退屈であったので、読むというだけの本であった。

私は、本をよみかけたままで、夕方まで、眠った。

目をさますと、まばゆいほどに、障子《しょうじ》が赤く染っていた。

窓を開けると、こんな夕焼けは、経験したこともないほどの、素晴らしい夕焼けであった。前の山も、谷も、宿のわきの白壁の土蔵も、夕焼けの色に、赤々と染っているのだ。

その夕焼けの中を、二人の男がおりてきた。宿のすぐ前の、細い山道を、二人の男がおりてきた。男たちは、馬が背負うほどの大荷物を、背負っていた。それは、白樺《しらかば》の木の皮であった。

雲突くばかりの大男であったが、荷物の重味にたえるように、腰を、ぐいと曲げ、一歩、一歩、用心ぶかく足をはこび、太い、自然木の枝をついておりてくるのであった。

白樺の皮の大荷物といい、重い荷物に、ひしがれそうになって、山からおりてくる、貧しげな大男といい……物語の中からぬけだして、突然、私の目の前に現れた人物ではないかと、思われるほどであった。

「猟人日記」の中には、白樺の林の美しい描写が、ふんだんにあった。その物語の中の白樺林が、その瞬間、ギラギラするような輝きを持って、私の心に、浮かび上ってきたのだ。

翌日、私は「猟人日記」を、ふところにして、大男たちのおりてきた道をたどって、登っていった。と、大きな白樺の林があった。

ターン、ターンという、かすかな音が、林の奥のほうから聞えてきた。姿はみえなかったが、どこかで、白樺の木を切っているのであろう。

私は、白樺の大木に、もたれかかって、「猟人日記」を読むのであった。

物語の一句一句が、いい匂いをたてて、心の中に、ながれこんでくるような気がした。

環境が私も物語の方に引きこんでいったのか、物語が環境に光をあたえて、私の心に炎をたてさせたのか、……今、考えてみてもはっきりしないが、私は、ほんとに、恍惚《こうこつ》として、「猟人日記」に読みふけった。

そして、この物語は、私を、自然への小路のほうに、いざなっていくのであった。

この湯治場から帰って、間もない日のことである。

私は、いつものように、裏の赤松の林で、読書をしたり、宿題などをしていた。松林をではずれたところが平地になっていたが、夕方になったので、私は、その平地にでて、もう、ぼつぼつ家にでも帰ろうかなと思いながら、たって、あたりを眺めていた。

と、突然、パーンと、私の脳天を、強くけとばしたものがある。私は、飛び上るほど驚いた。私の頭をけとばしたのは、大きなタカであった。タカは、私の頭をけっておいて、ゆったりとした飛び方で、二十メートルほど先の、松の大木にとまった。そして、二、三度、体を、ゆり動かしたかと思うと、茂みの中に、すっぽりと体をかくしてしまった。

おかしなことに、私は、頭をけとばされ、飛び上るほど、おどろかされた、その大きなタカに、心の中から、もりもりと、湧き上ってくるような親しみを感じるのであった。いや、親しみばかりではない。何ともいえぬ、純粋なよろこびを感じたのであった。

自然と、このような接触のしかたをしたのが、ほんとに、うれしかったのだ。

「バンザーイ。」

私は、タカのかくれた松の木に向って、両手を差しだし、こんな叫び声をあげて、私のよろこびの気持を示すのであった。

つい先日、鹿塩の里で、何回も、繰りかえし読んだ「猟人日記」の物語が、まだ、この裏山まで、現実として続いてきているような気がするのであった。

「猟人日記」は、それほど強く、少年の私の心に沁《し》みこんでいたのであった。

長野県の飯田中学校に、正木ひろし（チャタレー裁判などで知られている弁護士）という英語の先生がいた。

二年生の時、正木先生に英語を習った。先生は、有志の者、十五、六名に、放課後、毎日残して講義をしてくれた。ソローやカーペンターや、エマーソンの言葉を、ガリバンに刷《す》って、自分の意見をつけ加えながら、訳してくれるのであった。

英語のほうは、たいそうむずかしかったが、ほっほっと、燃えるような熱弁家で、われわれ少年たちは、うっとりとして聞きほれるのであった。この時の十五、六名の者は、正木先生の強い影響をうけて、あれから五十年もたっているが、毎年といってもよいほど、昔をなつかしんで、「正木先生を囲む会」をつづけている。

ある時、正木先生が、エマーソンの「自然論」を講義してくれた。

私は、エマーソンの「自然論」の斬新さに、すっかり心ひかれてしまった。観念のおきかえによって、自然そのものが、みなれた自然とは、すっかり、趣を異にして、光り輝いて、心の中に飛びこんでくるのだ。

「自然論」の訳書を、正木先生に探してもらって、私は、むさぼるように読んだ。中学校を卒業するまで、これは、私の座右《ざゆう》の書となった。

意識して、自然に近づこうとするようになったのは、エマーソンの「自然論」との出会いによってであった。

しかし、多くの友だちと一緒に講義を聞いたはずだ。ところが、私一人だけが、この「自然論」に、異常といってもよいほど、強く心をひきつけられたのである。

なぜだろうか。

「ハイジ」や「猟人日記」の感動は、半世紀たった今でも、生き生きと、思い出すことのできるほど強いものであった。感激を呼ぶ原動力となったものは、私をとりまく、自然の環境と作品の中の、美しい自然との、とけあいというか、類似の密度の高いものどうしの呼びかけといったようなものであった。だから、あの大きな感動の背後には、いつも自然があり、自然が、心の奥のほうで、いきづいていたのであろう。それが、エマーソンの「自然論」によって、意識の上に、はっきり、現れてきたような気がする。

心というものは、感動の方向にむかって流れていくものであろうか。私は意識的に、この時から、吉江喬松《よしえたかまつ》のものとか、窪田空穂《くぼたうつぼ》の歌集とかを求めた。ルソーを愛して読んだ。

トルストイのものにしても、傑作といわれる「アンナ・カレニナ」よりも、「コサック」とか「ハヂ・ムラート」の方をはるかに好んで何回となく読んだ。これらの作品には、自然の風の匂いや泥の匂いがしみこんだ、ほんとに、自然の匂いがぷんぷんするような自然児が扱われていたためであろう。

中学校を卒業し、東京に出てからも、やっぱり、この傾向は、大きく私の心の座を占めていた。ハドソンの「緑の館」を、読み終えた時など、あの恍惚とした境地が、二、三日の間、読み終えたばかりの新鮮を保って、心の中に鳴りひびいていた。道を歩いていても、その感激の余波が、心の中で渦をまいていた。私は、そのために、電車に、もう少しで、ひかれるところだったという記憶が、いまも心に残っている。若い時というものは、心の波調とぴったり合ったものの中には、純粋にとけこむことができるのである。

一つの感動が、心の方向への芽をめぐませ、その芽の方向への感動をうけて、さらに、芽がふくらむ。こういうことが、たび重なると、心の並木道が、はっきりとできあがる。

感動ということは、そういう可能性をもっているような気がする。

ふりかえってみると、何回か似たような感動を繰りかえしているうちに、たとえ、私が無意識に選んだ本にしても、また、感動した本にしても、どうも、ある一定の方向をもっていたような気がする。

後に、私は、物語を書くようになるが、昭和九年に、朝日新聞に連載したのが、「山の天幕」であった。その前年に出した作品集は「鷲《わし》の唄」であった。そして、それらの作品の背後にあって、大きな座を占めていたのは、やはり、自然であったのである。

戦争がはじまる、少し前の頃から、私は、大人の文学から、児童文学のほうに移っていった。そして、ずっと、動物を主題とした物語を、もう、三十年以上も書きつづけている。

幼い日に、ふと手にして、思いがけなく、大きく感動した本、その本の感動が、どうやら、私の一生に、一本の縦糸のように、からんでいるような気がする。

あるいは、若い日に、偶然、手にした本がもっと別のものであり、その本が、また別の大きな感動をあたえるということが、何回か、繰りかえされていたら、私の運命は、ことによると、もっと、別の方向をたどっていたかも知れない。

私は、ちかごろ、しきりに「運命の書」なんていうことを、考えたりするのである。

『椋鳩十の本　第十八巻』より

解説

自然の尊さや動物と人間の友情をテーマに児童文学を数多く発表した椋鳩十《むくはとじゅう》は、一九〇五年、下伊那《しもいな》郡喬木《たかぎ》村に生まれました。

「運命の書」は、椋鳩十が児童文学者になった原点が綴られているエッセイです。幼い頃、長野の自然の中で『ハイジ』などの本に出会ったときの感動が、生き生きと描かれています。「その本の感動が、どうやら、私の一生に、一本の縦糸のように、からんでいるような気がする」と書いている通り、椋は生涯自然を愛し、自然をテーマにした物語を書き続けました。

大学を卒業した椋は、鹿児島県の学校に教員として赴任しますが、九州の温暖な気候に物足りなさや退屈さを感じ、ますます故郷に対する思いを強めたようです。椋はのちに、当時を回想してこう語っています。「しまいには、暖かい最中に、伊那谷からのアルプスの冬山が夢の中に出てくるんだよ」「松は松の特徴を、杉は杉の特徴を、雑木は雑木それぞれの特徴をあらわし、見わたす限りすべての特徴が真白い中にパァーッと見えるんだ。そして、寒い時はきりんきりん寒いし、雪がとけだすと美しい芽がぷつぷつと出てくる……ひどく山を書きたくなった」

そして二十八歳のとき、山の中に生きる人々を描いた処女小説『山窩調《さんかちょう》』を発表したのでした。

その後は主に児童文学を手掛けるようになり、「大造じいさんとガン」や、故郷の南アルプスを舞台にした「アルプスの猛犬」「月の輪グマ」など、野生動物や大自然を題材としてたくさんの作品を執筆しました。椋の作品は、全国小中学校の教科書にも採用されています。

椋は作家活動の傍《かたわ》ら、四十二歳の時に鹿児島県立図書館館長となります。「母と子の二十分間読書運動」を提唱し、全国に広めるなど、読書の楽しさを普及させる活動にも力を尽くしました。その根底には、多くの子供たちに、それぞれの「運命の書」に出会ってほしいという思いがあったのではないでしょうか。

一九九二年、故郷の喬木村に、椋鳩十記念館・記念図書館が開館しました。近くにある「ハイジの碑公園」の碑には、椋に大きな影響を与えたあの運命の書『ハイジ』の一節が記されています。

椋鳩十

（むく　はとじゅう）1905～1987

長野県下伊那郡喬木村生まれの小説家、児童文学作家。法政大学卒業後は鹿児島県の高等学校で教師を務める傍ら、作家活動を行う。1947年には鹿児島県立図書館長となり、『片耳の大鹿』『孤島の野犬』などの作品を発表し、文部大臣奨励賞を受賞。鹿児島県内の学校の校歌に詩を提供し、今も歌われている。

『椋鳩十の本　第十八巻』
理論社／1982年

暮らし

八十八夜の別れ霜

新田次郎

八十八夜の別れ霜ということばがある。今年は五月二日がその日だった。立春から数えて八十八日目に当るからこの名称が出たもので、農家にとってはたいせつな農事の基準になっている。このころになると霜もおりなくなるから若芽もいっせいにもえ出して来るし、種まきも盛んにおこなわれる。もっとも、この基準も場所によってずいぶん違う。九州と北海道と一緒にはできないし、同じ山ぐにの信州でも、伊那《いな》と安曇《あずみ》では違うし、安曇でも平坦《へいたん》部と山間部とでは、また違う。

八十八夜が過ぎたからといっても霜がおりることはちょいちょいあることで、桑《くわ》園、果樹園などの霜の被害は毎年莫大《ばくだい》な金額にのぼっている。霜の予防方法にもいろいろあって、霜のおりそうな早朝に煙を出したり、土をかけたりする方法がある。なかなか理想どおりにはいかないようである。晩霜《おそじも》は、移動性高気圧におおわれた、快晴で、風もない、静かな夜明けにおこる。このような気象状態のときは地上からの熱放射が多くなり、地上付近の温度が急激にさがるからである。雲があれば、地上から放射される熱が雲にあたって、もどって来るので温度の降下はそれほどでもない。

私の子どものころは養蚕《ようさん》がさかんだった。見わたすかぎり桑畑で、田とごくわずかな菜園の他は全部桑畑だった。そんなところに育った私はずいぶん大きくなるまで農家というものは日本中どこでもこんなものだと思っていた。農家の生活は〝おかいこ様〟によってささえられていた。〝おかいこ様〟が当った家では家中ほくほく顔だし、はずれた家はなんとなく陰気くさく、その家の子供たちまで元気がなかった。おかいこ様の当りはずれはその年の気候にもよるが、おかいこ様の食べる桑にも大いに関係があった。おかいこ様は三眠を過ぎると、にわかに食欲が旺盛《おうせい》になる。おかいこ様の姿が見えなくなるまで、たっぷり桑の葉をつみ上げて与えても、見る見るうちに食べられてしまう。蚕室にはいっていくと、おかいこ様が桑を食べる音がざわざわと山鳴りの音のように聞《きこ》えて来た。この音を聞きながら私は、おかいこ様が健康で、肥立ちよく育っていくのだなと思って安心したものである。

晩霜の被害が起るのは春蚕《はるご》といって、その年の一回目のおかいこ様が、卵からおかいこ様のかたちにかえったばかりのころに起る。霜害にあった桑畑はみじめなものである。もえ出たばかりの若芽が黒く、くされおちて、延びが止ると、もう、その桑畑からは予定していただけの桑の収穫はむずかしくなる。霜害は広い範囲にわたっているから、運が悪いとその家の桑畑全部がやられてしまって、よそから桑の葉を買わないとやっていけなくなることがある。おかいこ様はどんどん育っていくのに食べさせる桑がないほどみじめなものはない。桑の売値は暴騰して手に入らなくなる。こうなってはならないから、明日は霜がおりそうだということになると、ちょうちんをさげて、山へ松の枝をおろしにいったものである。桑畑のあっちこっちで、この青松葉《あおまつば》をたいて煙をたてるためだった。

今ならば、ラジオがあって、気象台から霜の予報がでるけれど、そのころはラジオはないから、霜がおりそうだということは、どの家でももっぱら、としよりが予想したのである。よく晴れて、風がないこのころの夜になると、としよりは、ほとんど眠らずに朝を待っていたようだった。「霜が来るぞ！　おきろ」と、としよりに起された思い出は今もなお、はっきり覚えている。その当時、私の家にいた働きものの男衆や女衆と一緒にとび起きて見ると、つめたく星がまたたいていた。霜が来るということが、大きな不幸なものがやって来るようで不安だった。

霜がおりるような朝は、やはりどこの家でもこれを感知して、村中が騒々しかった。村の半鐘が鳴ったこともあった。協同で霜害を防ごうと試みたのだったが、どうしてやめたのか、そう長くは続かなかった。霜がおりるような夜だから、とても寒い。その中をちょうちんを持って歩くのが私に与えられた仕事だった。おとなたちが用意してある青松葉に火をつけて歩くのを援助するためだった。煙は暗い空の下でもうもう立上り地面にそって、はうようにひろがっていった。風はないようでも、ごくわずかの風はあった。風のむきによって、焚火《たきび》の位置をかえたりした。あっちの畑でもこっちの畑でも煙があがった。うちの畑でたいた煙が隣の畑に、はいこんでいったり、隣の畑でたく煙がうちの畑へはいって来たりすることもあった。叫び合う声があっちこっちで聞え、やがて村中の畑でたいた煙が谷間にそって静かに移動を始めるころ、夜が明けそめていった。

「たいしたことはなくてよかった」

そんな声を聞いて、私は、自分が救われたような気がした。いま村(いまの諏訪市角間新《かくましん》田《でん》)へ帰って見ても、私のこどものころの桑畑はほとんど見られない。戦争中に食糧増産の犠牲になって、ひっこぬかれたり、そのあとに植林されたりしている。桑はなくても霜はおりるだろう。八十八夜の別れ霜はいつになっても変らないことなのだ。

『アルプスの谷　アルプスの村　新田次郎全集　第二十二巻』より

解説

「蚕飼《こが》いの業《わざ》の打ちひらけ　細きよすがも軽《かろ》からぬ　国の命を繋《つな》ぐなり」。

県歌の中でそう歌われているように、長野県はかつて日本一の蚕糸《さんし》王国でした。

長野県にはいたる所に山があり、その斜面を利用して桑畑が作られ、農家では桑の葉を育てて「お蚕《かいこ》さま」に与えてきました。製糸業は、海外から器械製糸を取り入れ、養蚕《ようさん》・蚕種《さんしゅ》業を改良し、蚕業《さんぎょう》教育を充実していくなどの取り組みによって、長野県の近代化を推進していく原動力となりました。

新田次郎の出身地である諏訪《すわ》郡は、中でもとくに蚕糸業が盛んな地域でした。

「八十八夜の別れ霜」は、実家で広大な桑畑を耕して蚕を育てていた暮らしを、克明に記したエッセイです。当時の暮らしは「〝おかいこ様〟によってささえられていた……当たりはずれはその年の気候にもよるが、おかいこ様の食べる桑にも大いに関係があった」といいます。特に霜害の対処は、一年の暮らしを左右する重大な仕事でした。地を這《は》う煙が風にのって移動していく描写からは、必死に霜害を防ごうとしている農民の姿がいきいきと伝わってきます。

タイトルにある「別れ霜」とは、八十八夜のころになると最後の霜がおとずれ、それ以後は天候が安定し、霜と別れられるという意味です。中央気象台に勤務しながら小説を書いていた新田次郎の気候への関心の高さが、「八十八夜の別れ霜」から強く感じられます。

大正から昭和初期、長野県の蚕糸業は全盛期を迎えますが、一九二九年から始まった世界大恐慌で大打撃をうけ、繭価《けんか》は暴落していきます。その不況対策として、長野県は満州へ最も多くの移民を送り出すことになりますが、時代の変化とともに蚕糸業はますます衰退していきました。新田は「戦争中に食糧増産の犠牲になって、ひっこぬかれたり、そのあとに植林されたりしている」と、故郷の桑畑の変化を振り返っています。

諏訪郡や長野県の原風景は、新田次郎の人生と作品に大きな影響を落としました。「私は、私の足で歩ける付近の山々はことごとく歩いて廻った」(「失われた故郷」)、「山へ行って、目に触れ、耳で聞いたことが、いつかは私の小説の中に生きて来る」(『小説に書けなかった自伝』)と記しています。

新田次郎

(にった　じろう) 1912〜1980

現在の長野県諏訪市生まれの小説家。無線電信講習所(現在の電気通信大学)卒業。中央気象台(現在の気象庁)に就職し、富士山測候所勤務などを経験する。1956年、処女作『強力伝』で直木賞を受賞。『縦走路』『八甲田山死の彷徨』など山を舞台にした小説を数多く発表し、山岳小説の分野を開拓した。

『アルプスの谷　アルプスの村
新田次郎全集　第二十二巻』
新潮社／1976年

野沢温泉の冬

田部重治

冬の野沢温泉ほど、冬というものについて、親しみのある、楽しい感じを与えてくれる場所はない。野沢を知る前までは冬というものを、やがては春という花やかな時期を生み出してくれる、温い土の恵みを想像させる時期として頭の中で考えるだけで、実際は寒さにふるえつつじっとして春の若葉をのみ待ちこがれるのが常だった。しかしこの陰気な気持をすっかり無くして、冬それ自身を愉快に楽しむようにしてくれたのは、野沢の冬であったということができる。

初めて野沢へ行ったのは数年前の一月のはじめだった。それまで私は平和な山懐の雪に包まれた部屋の中にいて、温い炬燵《こたつ》からガラス越しに、ちらちら降る雪をじっと眺めて楽しむことのできる、温泉気分の豊かな場所を頭に描いて、そういう場所がないかとさがしていた。信州の下高井《しもたかい》郡にある、飯山《いいやま》から更に三里も北にある野沢温泉が、最もこの条件に近いときいたとき、私の心がすっかり動かされた。多くの信州の地名のように、私に飯山、千曲川《ちくまがわ》の名称は異様に魅力ある響きをもっていた。そしてこれらを越えて彼方にあるこの雪深い温泉場が、雪の下に埋れつつ、どんなに温い湯気をもって平和な谷間を充《みた》しつつあるだろうかという想像が私を動かした。

ここへ行きはじめてから、もう十回にもなろう。ここに雪が降りはじめるのは十一月の終り頃、私は嘗《かつ》てその頃の野沢を、飯山から自動車で落葉の間をくぐり抜けつつ訪れたことがある。その頃の温泉場の静けさは、谷間の落葉の静寂と相俟《あいま》って一層の深さをもっていた。夜が明けてみると初雪が降っていた。しばらくしてそれが晴れると、妙高《みょうこう》、戸隠《とがくし》一帯の山々から野沢の山々までが、初雪で薄化粧して、麓《ふもと》の紅葉は散るときを忘れていたかのように、さわさわと風のないのに寂しく散っていた。

冬、ここへ行くにはいつも上野を夜行で出るので、長野に至る頃から夜が明けそめる。北国に生れた自分でありながら、いつも窓から雪を見てさえ寒い気持になるが、野沢に行きはじめてから、雪を見ると嬉しさをもって心が跳る。浅間山は冬の山でないから雪の姿はあまり興味を惹かないが、四阿山《あずまやさん》の雄大な斜面の、真白に雪におおわれている姿の神々しさ、気高さは、私達の心を惹《ひ》かずにはおかない。浅間山の左に見える湯ノ丸山の下に鹿沢《かざわ》温泉のあることを考え、嘗て雪を分けながらそこへ行ったことのある冬をなつかしく思う。長野平から確か鹿島槍ヶ岳らしい一帯の山々が見えて、群山の間に異様な光彩を放っている。

飯山鉄道に乗換えてから、風光ががらりと変って来る。千曲川の幽寂《ゆうじゃく》な流れの両岸はすっかり積雪に埋《うも》れ、遙《はる》か渋《しぶ》方面に聳《そび》ゆる山々は、白雪によりその雄偉《ゆうい》さを引立てる。トンネルを二つ三つ通って汽車が飯山につくと、積雪は一層深くなり、見渡す限り白々と雪の高原が展開される。橇《そり》を引いて道行く人々、スキーで滑って行く人々の光景は、もう異様な土地に来たという感じを惹き起させる。

上境《かみさかい》で下りて、私はいつも附近の茶屋で朝食をとることにしている。炬燵にはいって、土地の野菜で御飯をたべるのが何よりも嬉しい。そこから吹雪のなかを千曲川の渡舟にのる。流れはなみなみとして、中流から見た周囲の山々の真白い神々しさは、行く先の楽しさを予想させずには措《お》かない。それから野沢まで一里の道は、橇によることもできるが、スキーで雪を踏みつつ行く方が遙《はるか》に趣きが深い。

野沢温泉は南西に向ってかなり高原状を呈した谷の奥まったところに当り、北東に山が重《ちょう》畳《じょう》して、その間にいくつかのよいスキー場をもっている。五百戸ばかりの町は山側に沿うてうねり、往来の狭いのは昔の田圃《たんぼ》の道のままに発達して来たことを物語っている。町のあちらこちらに温泉が湧出して、湯気が雪の間からたちのぼっているのが温泉宿の部屋からも見える。

宿にいて遙に目をはせると、火打、妙高、戸隠の山々は白雪に蔽《おお》われて西方の天に沖し、その左に遙に鹿島槍ヶ岳から槍ヶ岳一帯の山々は皚々《がいがい》たる連嶂《れんしょう》を形造り、日中、陽の出ている時の眺めの美しさと温さとは、雪の国の温泉場とは思われないほどの陽気さを与える。

朝起きてからすぐになみなみとした湯のなかに飛び込む。熱すぎるときには窓の外からシャベルで雪をかき入れる。朝食を終えてガラス越しに雪のちらちら降るのを見ながら、炬燵に凭《よ》り読書する。冬のこうした場所の空模様の変化は一通りでない。青空が見えていながらも、俄《にわか》に雪の降って来ることがあり、朝のうちにちらちら降っている空も、暫《しばら》くして、もう青空になって来ることもある。読書はせずとも、空模様を見ながら、じっとしている気分それ自身に浸ることにも、何ともいえない豊かな気持がある。この半日の静観は、どこでも得られない尊い気分で、攪乱《かくらん》せる自分や、いろいろの問題に統一を失える自らを整頓する喜びを与えてくれる。

昼飯を終えてから、自分も学生達の間に混《まじ》ってスキーをやろうかという気持になる。こんなことをやろうとは、数年前までは夢にも思わなかったが、最初にここへやって来たとき、無理にすすめられてやってみると、それが奇妙にも、自分の頭や身体によい結果を与えるようになった。それが自分の心を大きく豊かにすること、及びそれによって山に登る気持が、夏の登山とはまた別の意味で神々しいものであることを経験するようになった。

私が野沢の冬を憶《おも》うとき、いつも愉快に感ずるのは、ここが古い歴史をもつ温泉場であるにも拘らず、珍しく淳朴《じゅんぼく》で、田舎じみていて、何につけてもよい感じを与えることも一つの原因であるが、も一《ひと》つはここから奥に聳える山々は、余り高いというほどでないが、深山的な光景を豊富にもっていることだ。鹿沢温泉のごとき、温泉の位置が既《すで》に五千尺以上もあって温泉から一時間余りで七千尺近くの山に登るのが容易であるが、七千尺から見る世界は余りにも人間的であり、すぐ目の下に村落が見えすぎるうらみがある。これに反して野沢温泉の在場は僅《わず》か海抜二千尺に過ぎないが、私達にとって最も有難いスキー場であり、ユートピアである上ノ平から遙に見る世界は、全くの無人境であり、物凄いほど嵦々たる連山の英姿である。

温泉から東へ四五町やや激しく登ると、かなり開けた高地があって、これがここのスキー場になっている。ここに立って東方を見ると、鉄索の柱が斜面に立っている山を遠望することができる。これは上ノ平に通ずる尾根だ。この山の右にも一つの長い尾根があって、スキー場のすぐ傍まで延びているが、これも等しく上ノ山に通ずるものである。上ノ平の高原は茫々《ぼうぼう》一里四方に跨《また》がり、海抜三千五百尺から五千尺くらいまでに達している。この高原の最南端が毛無山《けなしやま》で、五千五百尺の高度をもつ。

野沢の山の静けさと深さを味わわんとするには、是非ともこの高原に立たなければならない。この高原に立って南西をみれば、妙高、火打、及び中部山岳一帯の山々が際立って鮮かにその雄姿を表わし、北望すれば遙か彼方に青く見えるものは、初めは空のように見えて、よく見れば日本海である。そして東南方向の風光がすっかり異なって来る。頂上に高原状をもつ積雪斑々《はんぱん》とした一峰が際立って高く聳《そび》えているが、それは苗場山《なえばさん》である。その遙か右に積雪真白く峰頭林立して見える山々は、恐らく清水越附近の山々であろう。

高原をもっと毛無山の近くまで行くと、東方にひとつの闊葉《かつよう》樹林をもつ渓谷《けいこく》が開いて、その一角に小屋がある。そこからも清水越附近の山々が見え、中に炉が切ってある。野沢からここまで二里弱、途中高原状の丘をいくつも越えなければならない。雪の上を吹く木枯《こがら》しが勁《つよ》く、兎はあちこちを飛び廻る。毛無山から高原へ派出せる雄大な斜面の雪は、鏡のような光沢をもち、ところどころ巨人のような枯木が立っている。ここから小屋へ下るスキーの軽快なる滑走は矢のように早い。小屋に入って焚火《たきび》しながら、ココアや紅茶をわかして飲む心持は、またとなくいい。

この渓谷は春ならば美しい闊葉樹の緑に深く埋まる。しかしこの渓谷の雪のうねり工合の何と美しいことであろう。それは際立って白い膚《はだ》の美しさというよりも、ふっくりとした柔らかさをもって涯《は》てしなく下の方へうねって行く円《まる》みある美しさだ。

小屋から再び高原に還《かえ》って、私達はなるべく多く滑走の快感を味わわんがために、高原を斜めに、北方の登籠木《とうろぎ》峠へ迂回《うかい》する。この高原を滑走する心よさ。野沢のスキー場が積雪のため腰まで雪のなかに没するときでも、雪質のよいこの高原は僅かにスキーの厚みを没するに過ぎない。林間をかさこそと音を立てながら雪を切って行くとき、兎が驚いて木の根から飛び出し、電光形に道を刻みつつ下へ下へと遁《に》げて行く。峠まで小屋から一時間足らずで行くことができる。峠の頂上から下は急な下りになって、やがて野沢の水源をなせる渓谷につき、あとはまたたく間に村に達する。

上ノ平の小屋へ行って半日を費して温泉に帰るのが、程よい一日の行程となっている。温泉に帰ると電灯がついている。着物を脱いで温泉につかれば、気持がぽーっとなって、上ノ平の高原は夢のようにおぼろに浮《うか》んで来る。夕飯を終り炬燵にはいって今日の愉快な一日を想い出しつつ語り合えば、子供のような嬉しさが胸にこみ上って来る。

野沢は二月になると特に静かになる。この時分は雪が一層深くなって、スキーをやりに来る人も湯治客も稀になり、温泉はただ寂しげに湯気を立てているに過ぎない。その頃は雪を見ながら黙想するのに一層適したときだ。この地では東京におけるような烈《はげ》しい寒風を経験することがないので、一層、平和である。人々の心も平和である。「野沢の嫁は楽をする」という言葉がよく使われるように、ここは温泉が豊富で、洗濯するにも野菜を洗うにも温泉でする。馬でさえ温泉につかっているのが見られる。こうした状態が三月末まで続く。

しかし同じ野沢でも、ところによって寒暖の相違がある。三月半ば過ぎ、東京ではまだ雲雀《ひばり》の声もきこえないのに、野沢の下の田では雲雀が鳴き、田の畔《あぜ》に蕗薹《ふきのとう》が頭をもたげる。

そうかと思うと四五町しか離れていないスキー場では雪が絶えず降っている。しかし、温泉場はいつも温くて平和だ。半日もしくは一日を絶えず雪の降りがちな山に費して、温い平和な温泉宿に帰る気持は、不思議なほどいい。

静かな気分と温い温泉、吹雪ふきまく上ノ平、遙に遠望する中部山岳と上越の山々、こういうことを考えると、私は木枯吹きすさぶ冬のなつかしさを感じ、ある意味においては青葉よりも、紅葉よりも、一層の親しみをそれに感ずる。

『山と渓谷』より

解説

長野県は、温泉地の数が全国で第二位、温泉利用の公衆浴場数が全国で第一位と突出しています。「温泉」という文化は、昔から信州の暮らしの中に深く根を下ろしてきました。

また長野県の温泉は、地元に住む人々だけではなく、外から長野県を訪れる人にとっても大きな魅力として映っていました。例えば森鷗外は、「みちの記」という作品で山田温泉を訪れたときのことを記し、島崎藤村は『千曲川のスケッチ』の中で田沢温泉について紹介しています。

田部重治の随筆「野沢温泉の冬」の題材となった野沢温泉は、県の北部に位置しています。鎌倉時代には「湯山村」とよばれる人気の温泉場だったようです。明治時代初期には、二万五千人近くの湯治客がこの温泉を訪れたと記録に残っています。

田部はこの温泉によって、初めて冬の寒さを耐え忍ぶだけではなく、積極的に楽しみ愉快な時を過ごせることを知ったと書いています。また野沢温泉からは、火打、妙高、戸隠、槍ヶ岳といった山々の連なる美しい風景を目にすることができますが、そのことも田部の心を明るくした要因だったのでしょう。「雪の国の温泉場とは思われないほどの陽気さ」を野沢温泉に感じたとも記しています。

登山家であった田部は、高い山を攻略するだけが登山の楽しみ方ではないということを説いた人でもありました。秩父や大菩薩《だいぼさつ》の山々を歩き、峠や渓谷など土地の起伏や変化を楽しむ旅こそが日本的な登山の魅力であると語り、登山界に多大な影響を与えました。「私は今までは何かむずかしい問題の解決にはまず山にはいる習慣をもっていた。

そうすると、問題の根本に触れる力が生ずるような気がするのである」と記していることからは、田部の登山が単なる登頂ではなく自然との対話であり、自らの思考を深める方法だったことが伝わってきます。

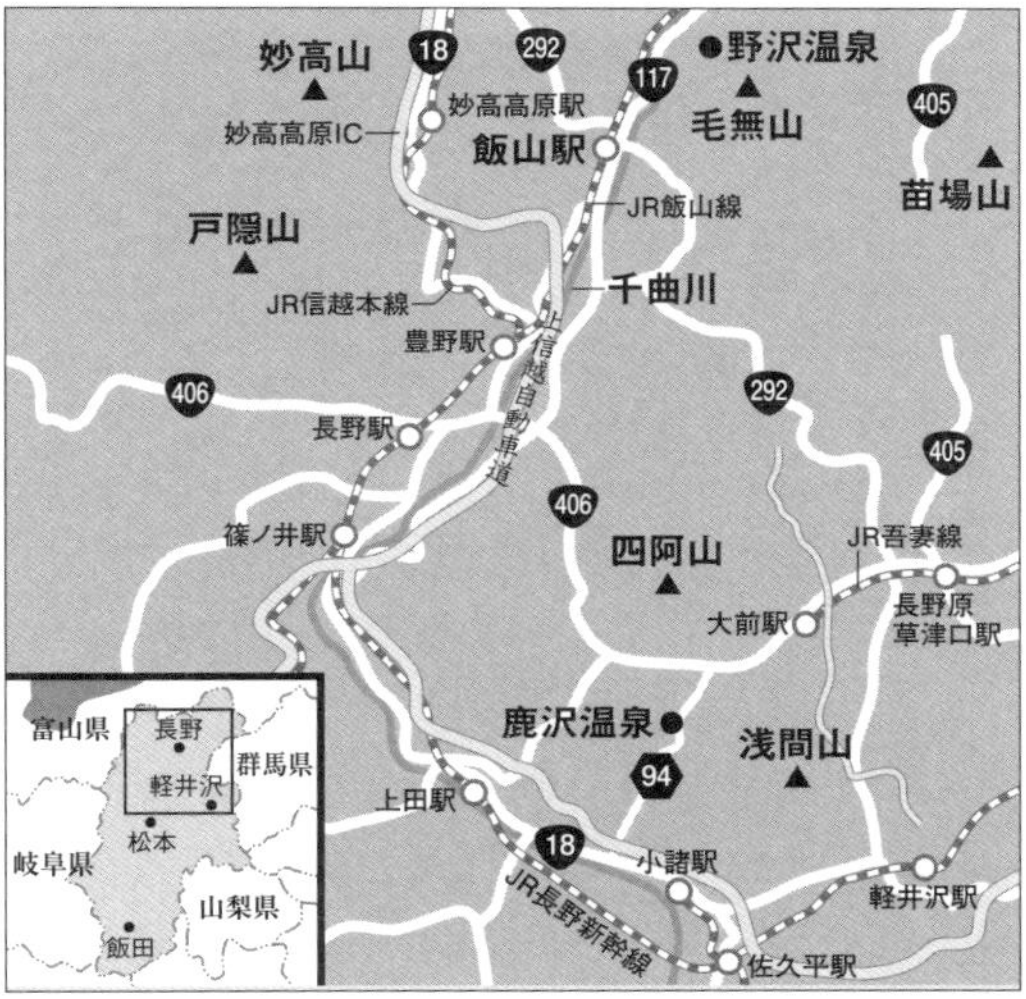

田部重治

（たなべ　じゅうじ）1884〜1972

現在の富山県富山市生まれの英文学者・登山家。東京帝国大学（現在の東京大学）卒業。大学在学中に登山研究家の木暮理太郎と知り合い山への関心を深め、秩父などの山々を開拓した。『日本アルプスと秩父巡礼』『山と渓谷』など多くの著作を発表して日本の山の魅力を世に紹介し、登山界に大きな影響を与えた。

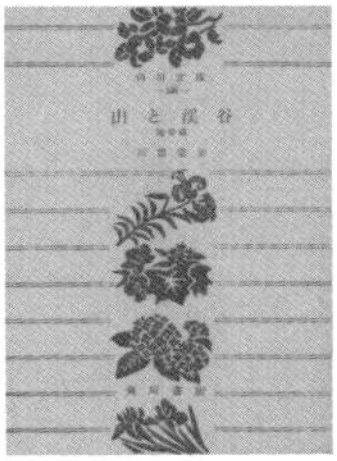

『山と渓谷』
角川文庫／1951年

信濃山中

室生犀星

湯殿の開き戸をあけると裏山の裾が見え、湯にひたりながらそれを眺めるのが楽しみだったが、一月も終に近くなると薪がなくなり湯が立たなくなった。簀《す》の子や手杓は氷《こお》りついて取れず、軽石や石鹸も氷に呑《の》まれて終《しま》った。しかも冬じゅう水道の栓をゆるめて、或《あ》る程度まで水は出し放しであった。あやまって栓を捻《ひね》って置いたらすぐ氷りついて終う怖れがある。彼は湯殿にはいるたびに決して栓はひねってはならぬ。栓をひねったら夜中に氷ってしまい鉄管は破裂してしまう。間違っても栓はひねってはならぬと、こんなふうに絶えず神経をつかいながらも何時《いつ》もちょっと栓に指先をふれ、栓をゆるめたり閉めたりするのであった。何となくいつも水が出過ぎるような気がするからだ。また、或るときは水が少ししか出ていないので夜中に氷ってしまってはこまると、やや強く、ひねって見ることもあった。そういう神経的なことをくり返すことによって、彼はあさましい安心を自分でつくりあげていた。だから彼は湯殿にはいると先《ま》ず栓の様子を見てから、出し放しの水の量をながめるならいだった。或る夕方、顔を洗って食事をすましたあと、突然、娘が水道の水が出なくなったと大声に云った。先ず顔色を変えたものは彼だった。先刻、栓をひねって置いたか知《し》らと思ったときに、栓は洗面のあとで何気なく、つい、そうして置かなければならぬもののように東京の水道の習慣から、ひねって終ったのであった。立って行って見るともう鉄管は氷りバケツの捌《は》け口の水は、どろりと食《は》み出したまま海鼠《なまこ》のような柔らかみを見せながらも、すでにしんまで氷りついて終っていた。

熱湯を沸かすため薪をもやすやらして、やっと熱湯が沸くとそれを息子と娘とが鉄管にそそいで見たが、水はついに出なかった。地中に廻った鉄管の分までそそいで見たが、やはり水は一滴も出なかった。皆、寒いのと疲れたので茶の間に引き返して少時すると、息子は耳をかたむけた。そして水が出たらしいぞと云ったときに、突然大量の水が混凝土《コンクリート》のうえに、勢切ってしたたる音を聞いた。湯殿に行って見ると鉄管がもろくも破裂して、水は湯殿一杯を走りつづけて既に飛沫《とばっちり》はかちかちに氷っていた。混凝土のうえをあふれた水は閾《しきい》を越えて裏の土間にあふれ、あふれつくした分は裏庭にながれて行った。これは大変なことになった。水道の掛《かかり》に電話をかけて見ても、もう八時をすぎていた。この寒帯地方では日没と同時に急用のいかなる種類を問わず、それは翌朝までのばすことが礼儀になっていた。暖い日でも、氷点下十五度以上あるこのごろでは、ことに水道のことでは電話をかけても聞き入れてくれるものではない。「これはこのままで朝まで待とう。」そしてもうどれだけ水があふれても、手のつけようも、策の施しようもなかった。ただ恐しいのは、このあふれ出た水の悉《ことごと》くが翌朝までに氷りついてしまうことだった。氷は矢ケ崎川の氷った流域の巨氷のむれとその恐しいねばりのある吸引力とを目のあたり見て、これも、この地方の冬の一等おそろしい海嘯《つなみ》のようなものだと思った。先ず、水の飛沫がこれ以上にならぬように桶のうえに落ちるようにして、一同、寝につくことになった。彼は寝床にはいっても水のひびきは湯殿から勝手をぬけ彼の部屋の天井づたいに聞え、それが水のひびきであるよりも、一種の耳鳴りのような音に変って聞えた。避けがたい耳鳴りは土底にいるようなそれと変りがなかった。彼がほぼ三時間後に目をさましたときに例によって枕頭の寒暖計をしらべた。それは毎夜彼が目をさましたときにする例になっているものである。寒暖計は氷点下六度に下っていた。彼の枕頭で六度あるときは、外はその三倍に下るのがつねだった。彼は雨戸をあけて庭の寒暖計を見ると十七度あった。十七度あればあふれた水はもうかんかんに氷っているだろう。彼はただそれだけを頭の中でつぶやいた。土間や裏庭は一面に氷っているだろうし、下水はひょっとすると溢《あふ》れているかも知れない。下水が危いとすると、いよいよ土間一面、氷畳になる筈《はず》だった。これはえらいことになったぞと聞耳《ききみみ》を立てながら、睡《ねむ》れぬまま目をあいて灯を点《つ》けた。一たいにこの山中では日没と同時によその人間の声はしないし、往来通りは絶え、隣近所に住む人はないから彼の家庭以外のもの音はなかった。東京では何かしら音というものがあるが、ここでは音というものがない。それだのに、彼はずっとさっきから低い音で紙に触《さわ》るような物音を絶えがちだが耳に入れていた。鼠は冬深くなってから何故だかいなくなった。ふしぎに物音をさせなくなっていた。だから紙に触るような微《かす》かな秘密めいたもの音は、何処から起って来るものだか分らなかったが、たしかに勝手か湯殿の見当にちがいない。その音は硝子のかけらを拾い集めたりするときに起る音に似ていて、そして更に別のもの音が雑《まじ》っていることも次第に判って来た。畢竟《つまり》、物音は幾種もあってそれらは交替になって起っていることだけは確かであり、そして一様に軋《きし》るような雑音を加えていることも実際だった。だが、ついにそれらの物音の正体が分らず、夜は雪の中に悲しい、つぎはぎに睡ったただけで明けた。そして彼は無理強いにあとから押されるようにして、いやいやながら洗面のために湯殿にはいろうとして戸を開けると、もう、其処には一面の氷がどろんとした非常に濃い硬質の液体になって、湯殿の四角なたたきのうえをぐるっと詰め込み、どれも巌丈な鎚《かなづち》を打ちこんだように手杓や簀の子、ややはなれた隅の方では洗濯板とかスリッパとかを呑みこんでいた。バケツの氷は彼自身の勢で底を抜き、底を抜いて走り出た水のかたちを、そのままに氷りついた一塊だけが、やや、盛りあがる勢を見せていた。これら凡《すべ》てのあたらしい氷にはあたらしい柔らかいつやがあって、葛粉を融《と》いたようなくもりを見せながら、どういう小さい穴や隙間にまでも凍《し》み込んで、なめくじのように匍《は》いずり上っていた。彼は風呂桶の蓋を取って見て中の氷がふくれ上って岡湯の蓋を持ちあげているのを見た。しかも、混凝土をあふれた水は床下に流れ込んで何時頃からか溜《たま》った夥《おびただ》しい栗の落葉を、すっかり氷らして終った。ゆうべ、紙を揉《も》むような些《ささ》やかな音が相継いで起ったのは、これらの吹き込まれた落葉が氷って相触れあったためかも知れなかった。とにかく、水道の掛に電話をかけさせ、彼は庭に出て見るとそこらは一面に氷りつき、ながれ出たタワシや靴下や運動靴が下の方にこびり付いて、裂けても、取り上げることが出来なかった。厚い、ぬらぬらした一見糊《のり》のように見えるこれら氷のながれは、庭の片隅から前の道路にそそいでそこで更に溜った上、渦を巻いて固まり、その傍《かたわら》をあたらしく溢れた水がながれて行った。午後やっと水道の掛が来て修繕してくれたあと、彼は氷の恐しさを知った。湯殿の氷はそれからずっと解けることなく、冬の秘密をまもり続けて、煮湯をかけても、金槌《かなづち》でこわしても手応えはなく、日一日と固まり、埃《ほこり》をあび、よごれて一層意地悪げにこびりついて氷やら漆喰《しっくい》やら一種名状すべからざるものに変って行った。

例の紙に触るような微かな音は夜になると、やや大きくみしみし軋る音に変り、はじめてそれが栗の落葉の作用でないことが判った。家じゅうの硝子戸や雨戸まで閾の真中まで引いてゆくと、そこで動かなくなった。閾がくるったのか障子が干反《ひぞ》ったのか分らないが、雨戸も閾の上で喘息のようにがつがつ辷《すべ》り悩んでいて、行き詰ったところから一寸も動かなくなっていた。大工さんに来て見てもらうと、凍みて氷った床の土台が下の方から持ち上げて来るのだといい、これは春、暖になるまで直らないということだった。一体、どれだけ凍みているのかというと、地下二尺は凍みていて、その最深部は三尺に達している処があるというのだ。それではみしみし軋るのは家全体の土台石の下が氷り、それが上へ上へと持ち上ってゆく軋り音であることが分り、彼は地中にまで行き亙《わた》った綿密周到な、何処にもすがたや気配を見せずに遣《や》ることは遣る、じっくりと辛辣な冬の深手をおもい遣った。

冬の夜は永く凍みがきびしく、彼は十二月以来夜は一度も外に出たことがない。彼ばかりでなくこの土地の人はからだを冷すことを怖れ、夜の外出はいっさいしなかった。物音のない、雪にとじこめられた外の空気は、耳とか鼻とかが痛むばかりでなく、寒気は重くしだれかかって肩が凝って歩けなかった。そういう或る夜、突然驚くべき寒波の余勢がこの山中を一舐《ひとな》めにして過ぎた。それは寒気などという生やさしいものではない。枯枝なぞ寒気のためにひとりで脆《もろ》くもぽっきりと折れて飛んだ。いま汲んだ水のこおることは勿論、勝手ではぴしぴし音がしてあらゆるものが氷った。水道は勿論《もちろん》氷った。その夜が過ぎてから彼の家では、雪道を辿って水を貰いにあるいた。水道の掛は来てくれず、大寒波のために、大《たい》ていの水道が止ったので、取り合ってくれなかった。下手に熱湯をかけて破裂させてしまえば、湯殿とおなじ氷の洪水になるのだ。氷はこれくらいの我慢はしなくてはならぬと云って、水をもらい歩いた。町近くに小川があったがこれも氷って、涸《か》れて雪をかむり、雪をのぞいても一滴の水もなかった。深々と雪にうもれた裏山のなりは低くなって見え、その径を青い水を入れたバケツは勝手につくまでに、うすい悲しい氷が張った。一滴でもこぼすと氷り、また、バケツを置いたあとが氷りついたが、すぐこれらを拭《ふ》くということは出来なかった。雑巾が石のようになっているからだ。それよりも彼は彼の寝床近くに三個のバケツをならべ、一個の蒸し釜に水を入れて置かなければ、夜中に勝手に置くと氷るからであった。彼はその冷えを恐れたが、水はまもってやらなければ朝の使いものにならなかった。彼はバケツの中にあるかれの張る音をきこうとしたが、氷というものに音響のないことを知った。何時の間にか、実にひっそりと盗むように氷っていた。朝、あたらしい水をもらいに行き、その水のいろ、水の動きを見るとよろこびを感じた。これは、よろこびという人間の思いのなかで、行き尽し困りはてた果《はて》にするものらしかった。これ以上のよろこびというものの清さは、どこにも見当らなかった。苦行は永くつづいて、おそらく春の来るまで水はもらいに行かなければならないであろう。しかも寒波による突風はその翌日も続いて吹いて過ぎ、さらに突風は夕方になると一層ふくれたように大きい鳴りを伴った。氷るものはもはや一つもない程ことごとく氷った。心臓のあるものだけが氷のなかに居残った。

『信濃山中』より　抜粋

解説

室生犀星は一八八九年、金沢で生まれました。十二歳から働き始めますが、文学への憧れを抱いて二十歳のときに上京します。生活苦にあえぎながらも数々の詩を発表して抒情詩人としての地位を確立し、やがて文学者としても大成しました。

都会の暮らしの中で犀星は多くの作品を発表しますが、豊かな自然への思いを失うことはなかったようです。一九二〇年に初めて軽井沢を訪れるとその魅力に心を掴まれ、たびたび軽井沢を訪れるようになりました。

四十二歳の時に別荘を新築した犀星は、第二次世界大戦が始まると家族とともに軽井沢へ疎開しました。『信濃山中』は、その疎開時代に執筆された作品です。戦後も、逝去する前年まで毎夏を軽井沢で過ごしたといいます。軽井沢では立原道造、川端康成、志賀直哉らの文学者と頻繁に交流していました。とくに堀辰雄とは仲がよく、堀を「たっちゃんこ」と呼び、家族のような関係であったといいます。この別荘は現在、室生犀星記念館としてシーズン中には一般公開されています。

『信濃山中』という作品は、犀星自身が「私の作集のなかでも、珍しく扇の裏表をなすごとく孰《いず》れも打ち合せて読むべきものであらう」と語っているように、『山鳥集』『旅びと』と三部作を構成しています。三作品に共通するのは、「別荘地」ではない「疎開地」軽井沢の、厳しい寒さや自然の中の過酷な生活を描いている点でしょう。

軽井沢の夏は平均温度二十度程度と過ごしやすく別荘地に適していますが、冬の最低気温は零下十五度前後にもなり、厳しい寒さに包まれます。今でも、真冬に水道管が凍結し破裂することは珍しくありません。

『信濃山中』では、厳寒の中の軽井沢生活の厳しさが、「氷」というテーマを通して細やかに、時に恐怖をもって描き出されています。「あたらしい水をもらいに行き、その水のいろ、水の動きを見るとよろこびを感じた。これは、よろこびという人間の思いのなかで、行き尽し困りはてた果にするものらしかった」と、何もかもが氷に閉ざされる中で、凍らなかった水に無上の喜びを感じる主人公の姿からは、軽井沢の冬の厳しさがひしひしと伝わってきます。

室生犀星

（むろう　さいせい）1889〜1962

石川県金沢市生まれの詩人・小説家。高等小学校を中退し12歳で裁判所の給仕となるが、当時から文学に目覚め、詩人を志す。1913年『朱欒《ザンボア》』に詩を発表し、同誌を通じて萩原朔太郎との交友を深める。1918年、詩集『愛の詩集』『抒情小曲集』を刊行。翌年、小説『幼年時代』を発表。小説家としても多くの作品を残した。

『信濃山中』
全国書房／1946年

七番日記

小林一茶

雪とけて村一ぱいの子ども哉

リン〳〵と凧《たこ》上りけり青田原

木曽《きそ》山に流入《ながれいり》けり天の川

是《これ》がまあつひ《終》の栖《すみか》雪五尺

月花や四十九年のむだ歩き

『七番日記(上)』『七番日記(下)』より　抜粋

解説

江戸時代の俳人・小林一茶は、長野県と越後との境に近い柏原《かしわばら》(現在の信濃町柏原)の山村に生まれました。柏原は北国街道中山八宿の一つで宿場でしたが、標高七百メートルの高地で、土地は痩せて水田は少なく、寒冷地のため粟《あわ》、稗《ひえ》、蕎麦《そば》などしか育たない厳しい自然環境の中にありました。

一茶が生まれた一七六三年頃は、宿場といっても柏原はまだ小さな集落で、冬の豪雪時期になると人馬の往来も閉ざされるほどだったようです。

「雪とけて村一ぱいの子ども哉」という句は、雪で閉ざされていた村が雪どけによって賑やかさをとり戻す喜びを、率直に表現した俳句といえるでしょう。

継母に反発していた一茶は、祖母が死ぬと十五歳の時に江戸へ出ていきますが、それは寒村生活の口べらしでもありました。江戸での暮らしも職につけず、決して楽ではありませんでした。しかしいつのまにか俳句を覚え、二十歳の頃には俳諧師への道を歩み始めました。葛飾派に属した一茶は、江戸周辺の農村と房総や西国などを行脚して修行を重ね、優れた俳業によって頭角を現します。それでも日々の生活は困窮し、故郷への念はつのるばかりでした。

三十九歳の時に父が亡くなり、土地の相続をめぐって継母、弟との争いに巻き込まれます。十年ほどで相続問題は決着し、五十一歳でとうとう故郷・柏原へ戻ることができました。妻をめとった一茶は、故郷で家庭を得て、やっと安住の地を得たのでした。

「是がまあつひの栖か雪五尺」「月花や四十九年のむだ歩き」の句は、痛切な悔恨を込めて人生を振り返りつつも、故郷へ戻った安堵の想いが滲み出ているようです。

「七番日記」は、一八一〇年から一八一八年、一茶四十八歳から五十六歳の時期の作品が収められている句日記です。この時期に一茶は江戸から故郷へと帰郷し、人生の大転機を迎えました。その後、妻と四人の子どもに先だたれ、一八二七年には大火で母屋を失います。その年、一茶は六十五歳の波乱万丈の生涯を閉じました。

二〇一三年は一茶生誕二五〇年にあたり、「一茶イヤー」として、柏原小丸山の一茶記念館などを中心に記念行事が開催されました。

小林一茶
（こばやし　いっさ）1763～1827

現在の長野県信濃町生まれの俳人。農家の長男として生まれるが、3歳で生母と死別、継母と折り合いが悪く15歳で江戸へ奉公に出る。1787年に葛飾派の俳人二六庵竹阿《にろくあんちくあ》に入門して俳諧を学ぶ。30代のころ全国を遍歴し、各地の俳人と交流して俳諧の修行に励んだ。晩年は郷里に戻り俳諧指導に努めた。

『七番日記（上）』『七番日記（下）』
岩波文庫／2003年

新野の盆踊

柳田國男

一

「踊の会」と行書で三字、斜めに紅く書いた弓張提燈《ゆみはりちょうちん》が三つばかり、それから少し離してバケツに清水、白い茶碗を副《そ》えて台の上に載せてある。時々踊子が出て来てはこの水を飲むのである。

信州新野《にいの》の町の盆踊は、こんな簡単な装置を中心にして、一つ場処をくるくると、廻ってあるく輪踊《わおどり》の一種である。輪とはいっても路幅が狭い故に、すぐに小判形になってしまう。県道に指定せられる以前には、まだ左右に若干の空地があり、月何度の市もここに立ったので、今でも市神様の小さなフクラと、制札場とが残っているが、常店が盛んになってからそんな広場の必要も無く、両側の人家は町並一杯にのりだして、おまけに小溝が通してあるのだから、踊のためには如何にも窮屈になって来た。

もとは道路のまん中に石灯籠《いしどうろう》が一つあって、その周囲をまわって踊ったそうだが、それも取払われて、今は鎮守の森の鳥居の脇に持って行かれてさびしく立っている。固苦しい駐在が勤務して居る年は、この頃でも交通整理だ取締りだと、やかましいことをいって困らせるが、隣の村役場へは山坂が三里、三河とも遠州とも、立派な山脈を以《もっ》てしきってある。憚《はばか》りながら日が暮れてから後まで旅行運送に使用するような、そんな平凡な道路とは道路がちがうのだ。つまりは日中は県道、夜分は踊場として利用する様に、天然がこれを認めて居るのである。

昔に比べて物足らぬことは、独りこの路幅と石灯籠ばかりで無かった。月送りという当節の風習は、節季を忘れたという口実を防ぐにはよかろうが、踊る人たちには随分と勝手が悪い。十五日だというのにまだ青々とした夕空から、半片の月がけし飛んで山に入ろうとして居る。闇の中で踊るのでは実は我々の踊で無い。それを悲しむ情が暗々裡《あんあんり》に動機となったものか、この閑静な山の宿には少し似合しからぬアーク灯が、光々として高く輝いて居る。こんな山家《やまが》ですが電気だけはと、自慢の様にいっては見るものの、これは調和で無く、寧《むし》ろ妥協と名づくべきものであった。

絵にあるような菅笠《すげがさ》や頬冠《ほおかぶ》りが、この新しい光に照されてはならぬことは知れきった話である。娘だけには責めて手拭でもと思うようだが、それさえ西班牙風《スペインふう》の大きな髪飾などを、きらきらと光らせて踊って居る。男の頭も半数はむきだしで、他の半分が鳥打《とりうち》か麦わら帽である。不思議に書生らしい物腰の青年が多いのは、一般に読書が盛んであるのと、今一つは近年のテニスの流行が、無意識に影響して居るのであった。

踊の会といったところで、別にその様な団体を設けてあるわけでは無く、単に世話人等の新しい趣味である。大凡《おおよそ》この山奥の一盆地に生を楽しむ人の限り、それこそ文字通りの老若男女で、小は小学校へ上ったばかりの少年少女から、兄姉叔父叔母は申すに及ばず、親か祖父かと思う年輩の者まで、仲よく同じ輪を作ってしみじみと踊って居る。家々の吉凶、産土《うぶすな》の祭、田植とか稲刈とか、春秋の行事も数多いが、これだけ完全なる共同の作業は、恐らくこの土地でも他にはもう例があるまい。また新規に始めようとしても始まるもので無い。何か知らぬがよほど大きな隠れた力が、この久しい仕来りを保存したばかりか、更に是を尋常化してしまって、寧ろ踊らぬ者を怪しましめるばかりである。他所から来た嫁と年とった女だけが、普通は踊の仲間に加わって居ないのを、近世の変化の如く説明した人もあったが、必ずしもそうは信じられない。

盆の十六日踊らぬやつは、ねこかしゃくしか花嫁か

という歌も方々にあったり、

子持ち女も出ておどれ

と歌う村々も多いのを見ると、母とか嫁とか名のつく者には、踊らぬ理由が昔からあったのかも知れぬ。何《いず》れにしても彼等も輪の中に入らぬというのみで、決して単なる見物人ではなかったのである。

二

新野の盆踊の目立った特色は、扇を盛んに使うことと、太鼓その他の楽器類を、ちっとも用いないことであった。私などの郷里の村では、日が暮るともうじっとして居られぬ様な、ドオンドオンという音が始まり、それが夜の更けるに従って、一段と高く響いて来るので、何

村ではまだ踊って居ると、よく年寄のつぶやくのを聴いたものだが、ここでは人よせの必要などは少しも無く、太鼓は無くとも宵のうちから、町中が踊になりきって、聴えるものは唯《ただ》集まってくる人のさざめきばかり、歌は随分高い声で歌われても、案外に遠くまでは届かぬもので、寧ろ家々の常の夕方よりも、森閑としたものであった。

しかもそういう静かなる夜色を帯びながら、不思議な位に誰も彼も興奮して居る。いい踊になりました。珍しい大きな踊だ。もうこちらは橋まで来て居る。向うは伊豆本の前まで行ったなどと、口々にそんな話をして、小判形の輪の成長を悦《よろこ》んで居る。そうしてついと物かげへ消えてしまうのは、大抵は踊ろうという人々である。自分たちは出来るだけこの空気をかき乱さずに、踊る人の気持というものに触れて見たいと思って、殆《ほとん》ど抜き足をして輪の外をあるいて見た。江戸で昔見物左衛門《けんぶつざえもん》などと名づけたのは、恐らく我々の如き遠慮深いものではなかったろう。我々は批評どころか、他所者だという顔もしなかった積《つも》りだが、それでも視線の出逢うたびに、はっとするような眼を時々見たのは、是非も無い近代人の敏感であった。そこへ行くと小児だけは単純なもので、うま味は無くとも覚えた通りの型で、一生懸命に足を踏み扇をかえして居る。裾短かの筒袖に三尺帯を垂れた後つきが、この踊の為に改良せられたかと、思うほどよく似合って居た。よく見るとその中にもやや巧者なのと不細工なのとがあって、折角新らしいポックリなどを買ってもらっても、歌とは筋かいに足を出したりする児がある。そんな時には必ず母親らしいのが後に来て居て、気をもんで色々の世話を焼く。そうかと思うと二人か三人扇を固く握り、円い眼をして同じ年頃の子供仲間がまわって来たら、今度は入ろうと身構えて待って居るのがある。これが先《ま》ずなつかしい見ものであった。

全体に踊の輪は、踊子の年齢によって区切られて居るようであった。踊子と呼ぶのもおかしい位な親爺までが、やはり古くからの仲間があると見えて、知った者同士でかたまって踊ろうとする。若い人たちは尚更のことで、よっぽど頓狂《とんきょう》なのが笑いながらにでも、一人異性の中にまじるということは少ないようであった。そればかりか帯の格好や衣類までも大よそ同じ様なのが一所に並んで居る。揃いの衣裳では無いけれども、白の浴衣《ゆかた》の一隊の間には、自然に黒を着た者はまじって居ない。それがまた向き合って互に目を悦ばしめる彩色ともなれば、音頭と附《つ》け歌との面白い波動を作るかとも思われた。

年をとった人たちはいずれもちとばかり飲んで居る様子である。なるほど輪の出来かけには僅《わずか》な決断力が入用らしいが、それから後の成長に至っては何でも無い。最初はまず子供連がどやどやと入って来たと思うと、それに紛《まぎ》れてもうそちこちに、美しい色どりが花などの如く咲いて居る。おくれて来たか又は心のおくれた者が、扇などは深く懐《ふところ》に隠して、さも見物の如き顔をして立って居ると、どこの地方でもよくある様に、前を通る友だちがそれはそれは乱暴に、袖などを持ってぐいと引く。引かれてよろよろとして輪の中へ転げ込んだと思うと、その次の足ではもう笑って踊って居るのである。

また踊らずには居られる道理が無い。僅か三晩の休に五里七里さきの工場から、日和下駄《ひよりげた》で戻って来る人があるのである。昨日の夕方も落合橋を渡って、赤や桃色のメリンスが急いで行く。隣の村の見物かと思って、近よるのを見ると土ぼこりが汗を染めて居た。風呂敷包に二本も洋傘を結わえた娘がある。こんなに苦労をしてまで、盆には踊りに還《かえ》って来ねばならなかったのである。

『柳田國男全集9』より　抜粋

解説

柳田國男は、医者の六男として兵庫県で生まれました。一八九〇年に上京すると、森鷗外らと交流をもち、『文学界』などに詩を発表して叙情派詩人として知られるようになります。東京帝国大学に進学してから農政学に関心を抱き、卒業後は農商務省農政課に入って、農政官僚への道を歩みました。柳田が農政の道へ進んだ背景には、幼い頃に目の当たりにした、農村の貧困や飢饉などの原体験があったといいます。勤務のかたわら文学活動を続け、土曜会、竜土会などを開いて、田山花袋《たやまかたい》、島崎藤村、国木田独歩らと親交を深めました。

柳田は全国各地を講演や視察で訪れ、農村の暮らしや独自の生活文化を目の当たりにしました。その経験から名も無き民の暮らしを研究する大切さを痛感し、新渡戸稲造と「郷土会」を創立し、民俗学者の南方熊楠《みなかたくまぐす》との交流も深めていきます。

その後、東京朝日新聞社客員、国際連盟委任統治委員などの職を経て、「常民文化の探求」「郷土研究」を提唱して執筆・研究活動を深め、日本民俗学の基礎を築いていきました。

長野県と柳田が近しい関係になったのは、二十六才の時に、信州飯田藩出身の柳田家の養嗣子《ようしし》になったことからでした。

一九二六年に新野（長野県阿南町《あなんちょう》）を訪ねた柳田は、三味線や太鼓などの伴奏なしに夜通し踊る盆踊りを見て、「この踊りは盆踊りとして完全な特徴をもっている珍しいものなので、この形をくずすことなく後世に伝えるように」勧めます。これをきっかけに「新野高原踊りの会」による保存活動が始まり、現在も重要無形民俗文化財として踊られています。

長野県へも度々足を運んでいた柳田は、信州が供給した民俗文化として「其一つは何人も知つて居る諏訪大明神の信仰」「第二の輸出品は信州の民間文芸である」（『信州随筆』）と記しています。

現在、柳田がかつて「喜談書屋《きたんしょおく》」と名付けた書屋が世田谷区の自宅から飯田市に移築され、柳田國男館として公開されています。

柳田國男

（やなぎた　くにお）1875～1962

現在の兵庫県福崎町出身の民俗学者。東京帝国大学（現在の東京大学）卒業。中学校時代から田山花袋、国木田独歩らと交流をもち、雑誌に詩を発表するが、やがて詩作から離れ農政学を志す。大学を卒業後、農商務省に入る。九州や東北を旅行し各地の伝承に興味をもって研究を進め、のちに民俗学を確立した。

『柳田國男全集 9』
筑摩書房／1998年

街道

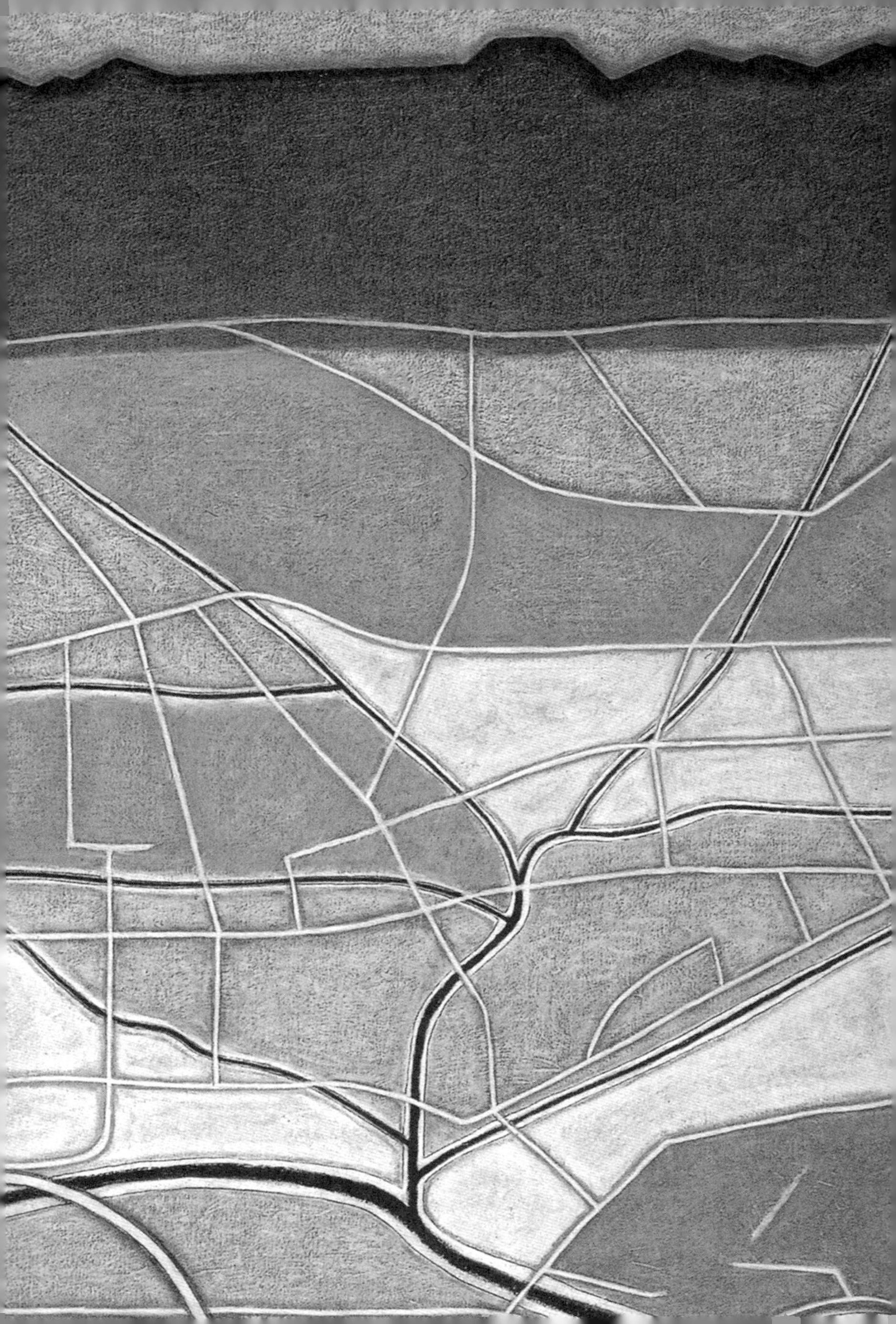

木曾路の話

小島烏水

木曾路のお話を仕《つかまつ》ろう。

木曾という名は、僕が夢寐《むび》の間も忘れかねていたところで、人物をいえば僕のひいき役者の旭将軍がここに生い立ち、自然を説けば木曾の桟橋、小野の瀧、寝覚《ねざめ》の里などは小供も知るくらいの名所である。ことし十月本州横断の旅行を思いつきて、木曾路巡りを果《はた》した。

むかしの中仙道《なかせんどう》、所謂《いわゆる》木曾路というは、馬籠《まごめ》駅の峠から東、洗馬《せば》駅に至るまでの間で、洗馬は上州街道と北国街道の追分《おいわけ》である。馬籠は美濃《みの》の落合に隣りて、ここの峠を信濃と美濃の堺としてある、国の堺というは、山や川のような隔《へだ》てがあるが、この両国の堺は別に際立《きわだ》ちた塹溝《ざんこう》がない。その地の人に尋ねると、平日は解らぬが、冬に至って初雪が降ると、美濃路の方は降るとひとしく消えるが、信濃の地は真白に積る、この雪の消えると否《しか》らざるとによりて、信美の堺とするという説がある。信を措《お》くには足らぬが、とにかく木曾路は寒い所である。

木曾路の藪原（ヤゴ原と読む、人も知る名産お六櫛《ろくぐし》の本場で、九四《くし》は即《すなわ》ち八五《やご》に同じという説がある。）と奈良井の間の鳥居峠から源を発する木曾川は、街道に沿うて流れ、屈曲紆折《うせつ》の景色は説きつくされぬ。又同じ贄川《にえかわ》駅からは、贄川が駒ヶ岳から流れ、松本の方へ向いて犀川《さいがわ》の名で流れている。木曾川と犀川は「人」の字形に脊合になり、木曾川は南の方、美濃路を経《へ》て桑名海に注ぎ、犀川は千曲川《ちくまがわ》（千隈川、又は筑摩川とも書く）と合して北の方越後新潟海に注ぐのである。全体信州という土地は、「山高水清」の四字に形容しつくされたところで、川を挙《あげ》れば諏訪の湖水から出て遠江へ流れる天竜川、金峰山《きんぽうさん》から出て犀川と合水する千曲川、川上山の東から流れ落ちて武蔵の隅田川に入る荒川、八ヶ岳から源を発して甲斐の富士川に合する釜無川《かまなしがわ》、浅間山の背から流れる利根川、碓氷峠《うすいとうげ》からは碓氷川と烏川《からすがわ》、佐野の西山から姫川、野尻の湖水から越後の高田へ落ちる関川など、重《おも》なるもので、東海道第一の大河大井川（「箱根八里は馬でもこすが越すに越されぬ大井河」）も、水源はこの国伊那《いな》郡と甲斐と境を接するところから出づるのである。併し木曾路に関係するは犀川の上流（奈良井駅では奈良井川といい、贄川の駅では贄川という）と木曾であって、殊に木曾川は凡《およ》そ川としては日本州の最高地より発するので、長さは六十六里、流駃《りゅうけつ》の急激は富士川と拮抗すべく、水色の深碧《しんぺき》は飛騨の白川と彷彿し、長さはこの二つに過ぎたる大河で、もし単に川の長さ、幅、水の急や、深さを以て論じたら、木曾川の右に出る川も尠《すくな》くはないが、川に彩色あり、眺望に変化あり、木も繁り、石も多く、比較的あらゆる方面に亘《わた》っておのづからなる絵画として資格に欠けておらぬは、おそらく日本第一の名を許しても溢美《いつび》でなかろう。実に木曾路の風景を絶佳《ぜっか》にするのは木曾川で、木曾川のなき木曾路は、髪なき美人の如く、葉なき樹木の如く、至《いたっ》て落寞《らくばく》の感に堪えぬのである。

　信濃は又名にし負う山国で、南谿《なんけい》の論にも「先《まず》日本にて論ずれば、日本第一の島山にして、其島山の絶頂というもの、信濃国なり」といわれたるごとく、浅間山《あさまやま》、立科山《たてしなやま》、戸隠山《とがくしやま》、四阿山《あずまやさん》、御岳《おんたけ》、駒ヶ岳、鎗ヶ岳、乗鞍岳《のりくらだけ》、八ヶ岳など形容好きの文章家に書かせたら、攅峰《さんぽう》列嶽怒濤《どとう》の如く、駭馬《がいば》の如く連亘《れんこう》し、喬樹森然として巨剣空を截《き》り、長鎗《ながやり》地を穿《うが》つなどと、文字の税の出ぬを幸い、活版屋の小僧苛《いじ》めをやるところなれど、ここは平たく峻秀の高山が多いと一口に言うて退けて、それらの高山は街道から遠く離れて緩帯の如く、長袖の如くに見えるので、その紺青《こんじょう》色はよく引合に出る紫派の画も及ばぬ眺めである。全体遠山はぼかしたような緑色に見えるのが普通であるのに、木曾の山々が紺色を染めるのは山中人家稀《まれ》で、煙も颺《あが》らねば霧も少く、常盤木《ときわぎ》も高山の多い割合に無く、山は丸裸で何にも遮《さえぎ》られぬから、かく冴《さ》えて見えるのであろう。それゆえ遠くからの見物、喩《たと》えば浅間山を床の間の香炉と洒落《しゃれ》るたぐいはよけれど、木曾路から分明に眉睫《びしょう》の間に見えるのは、わずかに駒ヶ岳を四里許《ばかり》隔りたる上松駅より見得るばかりで、御岳の如きは鳥居峠の絶頂(「雲雀より上に休らふ峠かな」の句碑のあるところ)から見えるが、遙に遠い、况《ま》して飛騨に跨《また》がれる乗鞍岳、鎗ヶ岳のたぐいをやで、山と川とは経《たていと》となり、緯《よこいと》となり、信濃を縦横に脈絡貫通しているが、単に範囲を木曾路に限りて論ずれば、川即ち木曾川の風景と恩沢《おんたく》とは、山の企《くわだて》及ぶところではない。信濃を紹介するには山を除きてお話は出来ぬ、木曾路は又川を措いて説明は困難である。

木曾路は木曾川に沿うて、一方には斧劈峭立《ふへきしょうりつ》する断崖を仰ぎ一方は懸流瀉下《しゃか》する川を瞰《み》るので遠望は乏しい、多摩川のように狭からず、天竜川のように局迫ならず、桟橋、小野瀧、寝覚の里などは、皆河畔にある。併しこれらの景色は名前倒れで、採るに足らぬ、桟橋については卑見があるが今省く。小野瀧は平凡に達するだも猶《なお》距離が遠い、細川幽斎《ほそかわゆうさい》が「木曾の小野の瀧といへるは、布引箕尾《ぬのびきみのお》などにもをさをさ劣りやはする、これ程のものの此国の歌枕には、いかにして洩《も》らしぬるや」と書いたのは、おそらく今の所謂小野の瀧ではあるまい。全体古人と今人とは、景を看《み》るに眼の着けどころが違う、これに就いても議論があるが今姑《しばら》く置き、概して古人が蒔絵《まきえ》のような繊細奇巧《せんさいきこう》を悦《よろこ》んだ傾向あるは、松嶋や橋立ごときを三景などと唱えたにても知れるが、この寝覚の里などは木曾川の中で最繊《さいせん》である、最巧である、木曾川の景は比較的に跌宕《てっとう》に於て欠けているだけ、寝覚に似た綺麗なところは敢《あえ》て珍しくない、区々たる寝覚を挙げて木曾川の全貌を説くは、美人を説くに愛嬌《あいきょう》のある眼だけ一つ画いて、何と佳《よ》いだろうというに同じ。美麗を以て克《か》つところは木曾川に甚《はなは》だ多いが、殊に宮の腰附近から須原《すはら》あたりまでを尤《いう》と考える。やや豪壮に近く思われるのは三留野《みどの》(昔は御殿《みどの》と書いた)から中津川に至るまでの新道に沿うたところである。木曾路を離れても、美濃伏見から太田までの間は、さすがに強弩《きょうど》の余勢はある、太田から以下尾張に入りては、流水緩漫お話にならぬ。斎藤拙堂が『下岐蘇川記《きそがわをくだるき》』に「至唐李白述其意云。千里江陵一日還。平生窃疑以為文人虚談。今遇比際始知其不誣也」は富士川などには擬し得るが、拙堂が通過した木曾川の下流には不倫である、拙堂は伏見から船を艤《ぎ》したので、このあたりから水勢の偃弱《ゆうじゃく》なることは、土地の人はよく承知であろう。

木曾川の水の色は何とも口に出ぬ。透明無色の水も分子が厚く累《かさな》れば青色を構成すると聞いたが、その青色を染め出した水が岩の上を奔流するので、上流は暗澹《あんたん》たる安山岩が多く、中流以下は雪色の花崗岩《かこうがん》ばかり、水の色が川底の岩に配して変化するが中にも、純粋の瑠璃色を見るのが実に絶々奇と評すべきである。毎晩宿屋へ着くと、座禅を組んで水の形容を考えたが、偶《たま》ま掌上の紋の如くに指し得たるも、熟視するに及びて泄《も》れてしもうた。

とにかく木曾の七日路とたたえられた街道が、今は三日で通り過されるのは、僕の足の捷《はや》いことは言を俟《ま》たないが、新道が開拓されて、さしもの難路が坦道《たんどう》に夷《たいら》げられたのが重なる原因である。新道は始終川に沿うて益《ますま》す風致に富むは、甲斐昇仙峡と同じく新道の最成効であろう。併しながら山中の人はよろず保守的で、新道は旧道より路が迂回するという唯一の論拠から、新道を善《よ》くは言わぬようである。

木曾川の話猶三分の二を剰《あま》すが、これより木曾路全体に亘りての詳細は鄙著《ひちょ》「本州横断記」駅々の條《じょう》で風俗、習慣、言語、俗謡、風景など調査し得たる限り取纏《とりまと》めて書くことにいたそう。

『小島烏水全集　第四巻』より　抜粋

解説

「木曾路の話」は、文語調で語られた簡素にして的確な木曽路案内といえるでしょう。著者の小島烏水は、当時「小供も知るくらいの名所」だった街道を、「本州横断の旅行を思いつきて、木曾路巡りを果した」のでした。烏水が歩いた明治時代には、すでに「木曾の七日路とたたえられた街道が、今は三日で通り過される」ように整備されていました。

江戸時代、日本橋から京都へと続いていた中山道は、木曽を通ることから「木曽路」とも呼ばれていたといいます。また、中山道のうち、馬籠《まごめ》より贄川《にえかわ》までの十一の宿場を結んでいる街道のことを木曽路と呼ぶ場合もあります。山の中を通る木曽路は、断崖絶壁を通るために人馬の往来が少なかったのですが、徐々に東海道に次ぐ街道として発展していきました。参勤交代のほか、大名や皇族のお輿入れ、また将軍家へと献上される宇治茶のお茶壺道中としても利用されたといいます。

木曽路十一宿とは、「贄川宿」「奈良井《ならい》宿」「藪原《やぶはら》宿」「宮越《みやのこし》宿」「福島《ふくしま》宿」「上松《あげまつ》宿」「須原《すはら》宿」「野尻《のじり》宿」「三留野《みどの》宿」「妻籠《つまご》宿」「馬籠宿」をいいます。現在も史跡や名勝地の並ぶ木曽路ですが、一番南に位置する馬籠宿は、「木曾路はすべて山の中である」と始まる『夜明け前』の作者・島崎藤村の出身地としても知られています。宿場には藤村記念館が立っているほか、小説の舞台となった場所が残っています。

烏水は、一八七三年、香川県に生まれ、明治時代の青年文壇で文芸・社会批評家として活躍しました。その一方で志賀重昂《しがしげたか》の『日本風景論』に影響され、日本アルプスの山々などに登り始めます。

一九〇三年に「鎗ヶ嶽探検記」を発表し、山岳紀行作家としても注目されるようになりました。全四巻『日本アルプス』をはじめとする多くの山の著作は、文化人であり山岳人でもあった烏水の足跡を示しています。

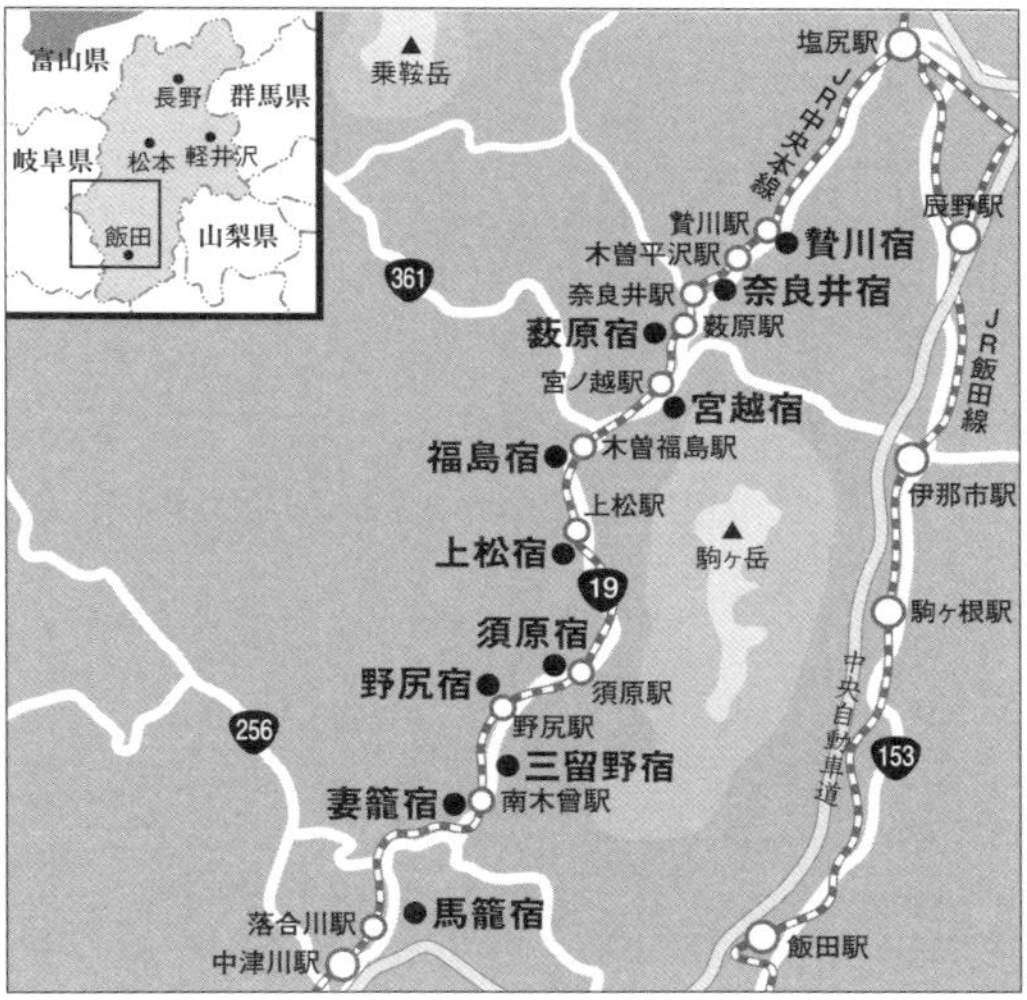

小島烏水

（こじま　うすい）1873～1948

現在の香川県高松市生まれの紀行作家・登山家。横浜商業学校卒業。銀行員として勤務するかたわら、雑誌『文庫』に評論などを発表。のち志賀重昂の影響を受け、山岳紀行の方面に進む。1905年、日本山岳会を創設し初代会長を務めた。紀行作家・編集者として、田山花袋など明治の文豪らとも親交を持った。

『小島烏水全集　第四巻』
大修館書店／1980年

監修者あとがき

大藤敏行

日本の屋根といわれる長野県・信州は、美しい自然と豊かな食文化・温泉・史跡などに恵まれ、多くの文学者をひきつけてきました。古来、信州は、東山道《とうさんどう》、中山道、北国街道をはじめとするいくつもの街道が通り、二十をこす中小の盆地と木曽谷などを中心に、多彩で独特な地域文化をはぐくんできました。今日では、長野県は、平均寿命や県民幸福度が全国上位にある点なども、注目されています。

本書を編むにあたり、そうした信州の風土や文化を念頭におきながら、次のようなことを心がけました。読んだ方が信州の魅力や自然の厳しさを感じていただけるような作品を選ぶこと。信州の各地域をバランスよく選ぶこと。四季折々の文章を偏らずに選ぶこと。今日、手軽に入手できる作品でないものをなるべく選ぶこと。

残念ながら、紙数の都合上、次のような作品が入れられなかったことを、お断りしておきます。地域では、志賀高原、大町温泉郷、佐久、安曇野、伊那・高遠など。食では、野沢菜、おやき、鯉料理など。信州を代表する史跡の善光寺や松本城。祭りでは、御柱祭《おんばしらさい》など。また、奈良時代の『万葉集』から江戸時代までの千数百年におよぶ文学の中で、今回は、小林一茶ひとりしか挙げていません。さらに、今日、信州には、第一線で活躍する文学者が多く在住し、すぐれた作品を生み続けていますが、そうした方々もほとんど収めることができませんでした。したがって、本書は、あくまでも信州の文学への「窓」のようなもの、とお考えいただけましたら幸いでございます。

多くの方々が、本書に掲載された小説、随筆などから、信州の魅力をより一層感じてくださり、他の作品にも関心を広げていってくださることを切に願っています。

なお、準備期間を通じ、『長野県文学全集』、『信濃紀行集』、『詩歌 信濃路の旅』をはじめ、数多くの文献を参考にさせていただきました。ここに厚くお礼申し上げます。池波正太郎「信州蕎麦」については、池波正太郎真田太平記館の前館長、土屋郁子さんに示唆をいただきました。

最後に、この本に快く作品の掲載をお許しいただいたご関係の皆様、大和書房、オフィス303に対し、厚くお礼申し上げます。また、編集担当として終始、細かなご配慮をいただいたオフィス303の三橋太央さんにも心からお礼申し上げます。

監修●**大藤敏行**（おおとう　としゆき）

1963年埼玉県生まれ。筑波大卒。軽井沢高原文庫副館長。「開館記念 堀辰雄展」「生誕百年記念 犀星と軽井沢」「川端康成展」「谷川俊太郎展」「没後10年 辻邦生展」「北杜夫展」はじめ、約百余りの文学展に携わり、軽井沢ゆかりの文学の世界を伝え続ける。著書『軽井沢と文学』、論文「立原道造と軽井沢」「片山敏彦の絵画資料」「堀辰雄の純粋造本」など。20年ほど前から一般対象の文学散歩も継続的に行っている。深沢紅子野の花美術館館長。

解説●**三橋俊明**（みはし　としあき）

1947年東京都・神田生まれ。1973年『無尽出版会』を設立、参加。日本アジア・アフリカ作家会議執行役員を歴任。著作に『路上の全共闘1968』（河出書房新社）、共著に『別冊宝島　東京の正体』『別冊宝島　モダン都市解読読本』『別冊宝島　思想の測量術』『新しさの博物誌』『細民窟と博覧会』『流行通行止め』（JICC出版局／現・宝島社）『明日は騒乱罪』（第三書館）、執筆にシリーズ『日本のもと』（講談社）などがある。

絵画●**飯沼一道**（いいぬま　かずみち）

1940年長野県・豊科町（現在の安曇野市）生まれ。東京藝術大学油画科卒業、同大学院修了ののち、長野県の高等学校の教員となる。勤務のかたわら数々の展覧会に作品を発表し、1979年にはフランスへ遊学。帰国後も教員と農業を兼業しながら制作に尽力し、田園風景を描いた「水田シリーズ」をはじめ、長野県の土地に密着した作品を数多く残した。2008年死去。

●作品一覧

カバー「畔に立つ女」／p.2「田植え機」／p.8「菱形」／p.42「育苗ハウス」／p.66「安曇野黎明」／p.136「初夏」／p.182「まえ・うしろ」／p.226「安曇野2007」

以上、飯沼智子所蔵

地図協力
● マップデザイン研究室

写真協力（五十音順・敬称略）
● 朝日新聞社（p.17・21・40・51・57・64・81・89・103・133・153・167・180・190・201・211・224）
● 草間彌生スタジオ（p.31）
● 堀辰雄文学記念館（p.146）

● 表記に関する注意
本書に収録した作品の中には、今日の観点からは、差別的表現と感じられ得る箇所がありますが、作品の文学性および芸術性を鑑み、原文どおりといたしました。また、文章中の仮名遣いに関しては、新漢字および新仮名遣いになおし、編集部の判断で、新たにルビを付与している箇所もあります。さらに、見出し等を割愛している箇所もあります。

ふるさと文学《ぶんがく》さんぽ　長野《ながの》

二〇一三年一〇月三〇日　初版発行

監修　大藤敏行《おおとうとしゆき》
発行者　佐藤靖
発行所　大和《だいわ》書房
〒一一二―〇〇一四
東京都文京区関口一―三三―四
電話　〇三―三二〇三―四五一一

ブックデザイン　ミルキィ・イソベ（ステュディオ・パラボリカ）
明光院花音（ステュディオ・パラボリカ）
林千穂（ステュディオ・パラボリカ）
編集　オフィス303
本文印刷　信毎書籍印刷
カバー印刷　歩プロセス
製本所　ナショナル製本

ISBN 978-4-479-86208-6
乱丁本・落丁本はお取り替えいたします。
http://www.daiwashobo.co.jp/

ふるさと文学さんぽ

目に見える景色は移り変わっても、ふるさとの風景は今も記憶の中にあります。

福島　全21作品

監修●澤 正宏
（福島大学名誉教授）

高村光太郎
野口シカ
玄侑宗久
内田百閒 など

●定価1680円（税込5％）

宮城　全23作品

監修●仙台文学館

島崎藤村
太宰 治
井上ひさし
相馬黒光
いがらしみきお など

●定価1680円（税込5％）

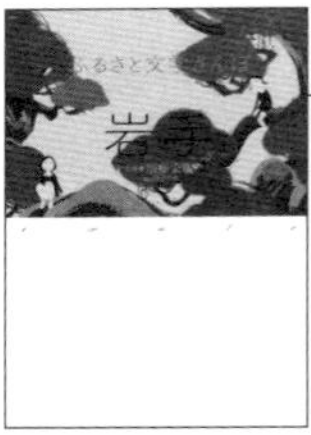

岩手　全22作品

監修●須藤宏明
（盛岡大学教授）

石川啄木
高橋克彦
正岡子規
宮沢賢治 など

●定価1680円（税込5％）

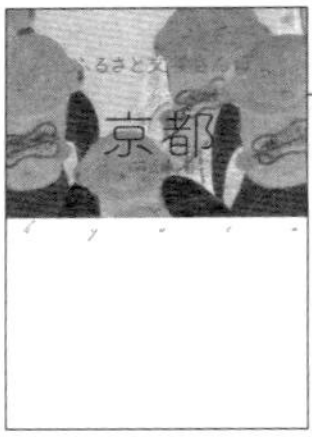

京都　全19作品

監修●真銅正宏
（同志社大学教授）

三島由紀夫
谷崎潤一郎
吉井勇
川端康成 など

●定価1785円（税込5％）

大阪　全20作品

監修●船所武志
（四天王寺大学教授）

町田 康
桂 米朝
はるき悦巳
織田作之助 など

●定価1785円（税込5％）

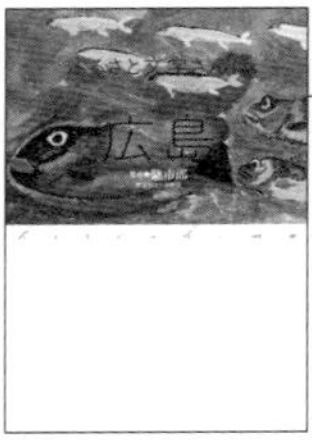

広島　全19作品

監修●柴 市郎
（尾道市立大学教授）

大林宣彦
原民喜
木下夕爾
竹西寛子 など

●定価1890円（税込5％）

北海道　全22作品

監修●野坂幸弘
（元・北海学園大学教授）

伊藤 整
更科源蔵
中島みゆき
左川ちか など

●定価1890円（税込5％）